KB025038

광해의 연인

외전

광해의 연인 외전

1판 1쇄 발행 | 2015년 06월 30일
1판 9쇄 발행 | 2023년 11월 05일

지은이 | 유오디아
펴낸이 | 김경배
펴낸곳 | 시간여행
편   집 | 이진의 · 정지은
일러스트 | 하이진
본문 디자인 | 서진원

등   록 | 제313-210-125호 (2010년 4월 28일)
주   소 | 경기도 고양시 덕양구 지도로 84, 5층 506호
전   화 | 070-4350-2269
이메일 | sigan_pub@naver.com

종   이 | 엔페이퍼
인   쇄 | 천광인쇄

ISBN 979-11-85346-18-2   (04810)
ISBN 979-11-85346-12-0   (세트)

이 도서의 국립중앙도서관 출판예정 도서목록(CIP)은 서지정보유통지원시스템 홈페이지
(http://seoji.nl.go.kr)와 국가자료 공동목록시스템(http://www.nl.go.kr/kolisnet)에서
이용하실 수 있습니다. (CIP제어번호 : CIP2015016476)

* 이 도서는 국제친환경 인증을 받은 천연펄프지(Norbrite 95#)로 제작되었습니다.

광해의 연인

외전

유오디아 장편소설

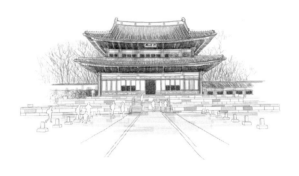

차례

이현궁의 봄

그는 내 머리 위에 떨어진 꽃잎을 조심스레 떼어주며 입을 열었다.
"세자가 스무 살이 되면, 보위를 물려주고 상왕으로 물러나 이곳으로 돌아올 생각이다."
"뭐?"
"그러니 경민아. 상왕이 되어 내가 이곳으로 돌아온 뒤에도 나와 함께하여 주겠느냐?"

각양각색의 봄꽃들이 만개한 시기. 나의 생일은 봄의 시작을 알리는 봄꽃들과 함께 찾아온다.

아침 일찍부터 일어난 나는 아직 잠들어있는 혼이 깨지 않도록 슬그머니 이불 밖으로 나왔다. 이부자리에서 멀지 않은 곳에 놓인 화장대 앞에 앉아 거울 속의 내 얼굴을 살피며 머리를 매만졌다.

평소 같으면 혼의 품 안에서 새근거리며 잠들어있을 시간. 그러나 오늘만큼은 매우 분주하게 움직여야만 했다. 나의 생일은 국가적 행사가 되어버렸으니까.

"대비마마. 대비마마."

문 밖에서 나를 부르는 운 상궁의 다급한 목소리가 들려온다. 어지간해서는 내가 먼저 소리를 내기 전에 나를 깨우지 않는 운 상궁이 저리 다급하게 부르는 이유는 단 한 가지뿐이었다. 난 곧 일어날 소동으로 혼이 깨어나기 전에 밖으로 나가 상황을 잠재울 생각으로 자리에서 벌떡 일어서려고 했다.

"어머나!"

갑자기 등 뒤에서 나를 끌어안은 혼의 두 팔에 화들짝 놀란 나는 그대로 주저앉고 말았다.

거울을 통해 보이는 혼의 얼굴에는 장난기가 가득했다. 난 거울에서 눈을 떼고는 고개를 돌려 그의 얼굴과 마주했다.

"언제 깨어나셨어요?"

"대비가 고양이마냥 살금살금 이부자리를 떠날 때 깨었소."

"참."

투정부리며 애교 있게 눈을 흘기는 나를 혼이 자신의 가슴 안으로 끌어안는다. 그러더니 내 귓가에 낮고 부드러운 목소리로 속삭인다.

"어딜 가려 하오?"

"오늘은 신첩의 생일인걸요."

"그래서?"

"어서 나가서 살펴야 할 일들이 많다고요. 일이 잘 되어가고 있는지, 또 신첩이 직접 챙겨야 할 일들은 없는지 그런 것들⋯⋯!"

불평하려는 것은 아니지만, 내게 맡겨진 책임은 다하겠다는 의지를 불태우며 말하는 나의 입술에 그의 시선이 꽂힌다. 아니나 다를까, 말이 끝나기도 전에 그가 나를 이부자리에 밀어 넘어뜨리더니 슬그머니 그 위로 올라선다.

"전하, 지금은 아침이에요!"

그의 가슴팍을 손바닥으로 밀어내듯 치며 벗어나려고 했지만, 혼은 꿈쩍도 하지 않는다. 그는 내가 그의 품 안에서 벗어날 수 없음을 알고는 내 어깨에 얼굴을 파묻으며 또 한 번 속삭인다.

"그 잡다한 일들은 모두 운 상궁에게 맡기시오. 그런 일을 하라고 운 상궁을 이현궁으로 데려온 것이 아니오?"

"운 상궁은 손님맞이에 바쁠 거라고요. 이제 곧 손님들이 들이닥칠 텐데……."

드르륵, 문이 열리는 소리와 함께, 혼의 장난에 잠시 잊고 있던 소동들이 들이닥쳤다.

"아바마마!"

"어마마마!"

어지간한 일에는 절대 놀라지 않는 혼도 나의 어깨에 파묻었던 고개를 들며 급히 가부좌를 틀고 앉는다. 나도 옷깃을 여미며 서둘러 일어나 앉았다.

마치 해가 뜨기만을 기다렸다는 듯 뛰어 들어오는 두 명의 아이는 바로 황이와 감이, 두 쌍둥이 공주들이었다. 이 둘로 말할 것 같으면 이 조선의 상왕인 혼과, 이복남매 사이인 국왕 이지도 두려워하지 않는 막강 공주들이었다.

"허험."

어색한 헛기침이 혼의 입에서 연이어 터져 나오고, 나는 슬쩍 붉어진 그의 얼굴을 보며 키득거리며 웃었다. 그 사이 어린 두 공주는 달려가 혼의 품에 안겼다.

"소, 송구하옵니다. 상왕전하, 대비마마. 또…… 공주마마님들을 막지 못하였습니다."

두 공주를 뒤따라 들어온 이 상궁, 미영이가 어찌할 줄 모르며 엎드린다. 혼은 두 공주의 재잘거림에 파묻혀 정신이 없고, 난 미영이에게 괜찮다며 나가보라 손짓했다. 미영이 나간 다음 들어온 운영은 문 가까운 곳에 앉아 말했다.

"대비마마. 서두르셔야 할 것 같사옵니다. 영창대군마마와 능양군마마께서 곧 당도하신다 하옵니다."

"벌써 말이냐?"

혼의 품에서 서로 자기 이야기를 들어달라며 재잘거리던 두 공주들이 그 말에 고개를 번쩍 든다.

"영창 숙부님이?"

"능양 오라버니가?"

곧바로 까르륵거리며 두 공주들이 방 밖으로 뛰어나가고, 그녀들의 뒤를 쫓는 미영이의 안타까운 외침이 문 밖으로 멀어져간다. 두 공주의 훈육은 미영이에게 모두 맡겨져 있지만, 이현궁을 총관하는 상궁으로서 책임을 느끼는지 운영의 표정이 어두워진다.

공주들의 자유분방한 행동을 혼도 나도 딱히 규제하지 않았기 때문에, 어떨 때는 공주는커녕 규방 아가씨와도 거리가 멀어 보이는 황이와 감이다. 하지만 조선에서는 보통 12세가 되면 혼례를 올려 집을 떠나기 때문에, 그전까지는 자유롭게 뛰어놀게 하고 싶다는 것이 나의 생각이었고 혼은 이를 따라주었다. 아니, 내 생각보다는 두 공주들의 밝은 웃음소리를 아주 좋아해서겠지만.

나인들이 줄줄이 들어와 이부자리를 정리하는 동안 우리 부부는 세안을 하고 옷을 갈아입었다. 궐 밖을 나온 뒤로 가체를 쓰지 않던 나도 이날만큼은 손님을 맞이하기 위해 무거운 가체를 머리에 얹었다.

운 상궁의 도움을 받아 익숙하지 않은 가체를 얹었다가 내가 무심코 인상을 찌푸리자, 이미 옷을 다 갈아입은 혼이 킥킥거리며 웃는다.

"대비는 창덕궁을 나오던 날 했던 말을 잊었소?"

"아니요. 절대 잊지 않았어요. 다시는 가체를 하지 않겠다고 했지요."

"그런데 오늘은 스스로 머리에 가체를 올리는구려."

"어디까지나 예를 지키기 위해서라고요."

"참으로 대비가 되시었소. 오래전 과인이 알던 나인이 대체 어디에 있는 것인지."

"여기에 있잖아요."

그에게 한 발 바짝 다가서며 자신만만하게 코를 세우려던 나는 무거운 가체 때문에 균형을 잃고 잠시 비틀거렸다. 그런 나를 향해 혼이 두 손을 뻗는다. 나는 그가 나를 붙잡아주려는 것이라 여겼다. 그런데 그가 붙잡은 것은 내 몸이 아니라, 내 머리에 얹혀 있던 가체였다.

가체를 붙잡혀 머리가 허공에 고정된 나는 놀란 눈으로 그를 바라보았다. 그는 나를 보며 빙그레 웃고 있었다.

"전하?"

혼이 가체를 놓고는 내 양 어깨 위에 손을 올렸다. 그러더니 입술이 내 입가에 닿을 듯 말 듯하게 얼굴을 숙인다. 주변에 서 있던 어린 나인들이 탄성을 내지르며 얼굴을 붉히자, 혼이 입술을 내 귓가에 가져다 대며 나만 들을 수 있는 작은 목소리로 속삭인다.

"경민, 세월이 흘러도 어찌 이리도 귀여운 것이오."

이현궁의 대문 안 앞마당에는 곳곳에 돗자리가 깔려 있었다. 창덕궁 수라간에서 온 상궁과 궁녀들이 이른 새벽부터 지금까지 분주히 움직이며 작은 소반들에 맛깔스러운 음식을 준비하고 있었다. 차림이 끝난 소반들은 돗자리 위에 일정한 간격으로 놓여졌다. 이 음식들은 오늘 정오에 열릴 잔치를 위한 것이었다. 잔치에는 한성에 사는 60세 이상의 노인들이 초대되었다.

활짝 열린 문 밖에는 맛있는 음식 냄새를 맡고 몰려든 백성들이 가득했다. 나인들은 김이 모락모락 올라오는 백설기들을 몰려든 백성들에게 일일이 나눠주고 있었다.

이것은 모두 나의 생각이었다.

대비의 생일에는 왕실 가족과 직계 종친들, 일부 고관들을 초대해서 성대한 연회를 여는 것이 일반적이다. 하지만 지난해부터 나는 내 생일에 노인들을 초대해 잔치를 베풀고, 떡을 만들어 백성들에게 나눠주기 시작했다.

"대비마마."

음식 준비가 잘 되어가는지 살피러 나온 나를 보고 상궁과 나인들이 인사를 올렸다. 나는 음식 맛을 보기도 하고, 그녀들의 솜씨를 칭찬하기도 했다. 그러는 동안 두 공주들은 내 옆에 찰싹 붙어서는 콩고물이 하나라도 떨어지기를 바라는 간절한 눈빛으로 나를 바라보았다.

"공주들이, 참새처럼 처신없게."

나는 주변의 눈을 의식해 공주들을 꾸짖듯 말했지만, 맛난 음식을 계속 입에 넣어주는 것을 그만두지는 않았다.

"어?"

내가 준 두부전을 입에 넣고 귀엽게 오물거리던 감이가 눈을 동그랗게 뜨고는 활짝 열린 대문을 바라본다.

"어!"

뒤이어 황이도 대문 쪽을 보더니, 두 자매는 깍깍거리며 나인들 사이를 지나쳐 대문 앞으로 뛰어가기 시작했다. 음식이 담긴 소반을 나르던 나인들은 당황하며 어찌 할 줄을 몰랐다. 혹여 일이라도 생길까 급히 그 뒤를 따르던 나는 누군가를 발견하고 반갑게 다가갔다.

두 개의 평교자가 대문 앞에 멈춰서 있었다. 평교자에서 내린 이들은 바로 영창대군 이의와 능양군 이종이었다. 그 뒤로 선물이 가득 든 상자를 멘 짐꾼들이 따라 들어섰다. 이현궁 내관이 짐꾼들을 안내하는 사이 황이와 감이는 제일 먼저 영창대군에게 달려갔다.

"영창 숙부님!"

"숙부님!"

"잘 지냈느냐?"

"예!"

올해 5살인 두 자매와 올해 13살인 영창은 종친들 중에서 가장 나이 차이가 적었다. 그래서인지 두 자매는 영창을 잘 따랐다.

영창은 황이와 감이가 좋아하는 것이 무엇인지 안다는 듯 오른쪽 도포자락 속에서 무언가를 꺼낸다. 그것은 비단옷을 입은 소녀의 인형이었다. 그 인형은 황이의 손에 먼저 쥐어졌다.

"나도! 나도!"

감이가 선 자리에서 펄쩍펄쩍 뛰기 시작하자, 영창이 빙그레 웃더니 반대편 도포자락 속에서 두 번째 인형을 꺼낸다.

"와아!"

감이도 신이 나 인형을 받아들고는 황이와 서로의 인형을 비교하며 까르륵댄다.

"대왕대비께서 보내셨습니까?"

"예."

"창경궁에 계신 대왕대비께서는 요즘 어찌 지내신답니까?"

"큰누이의 회임으로 정신이 없으시옵니다."

아직 소년티를 다 벗지 못했으면서도 영창은 의젓하게 답했다. 그 모습을 미소 지으며 바라보던 능양군도 한마디를 거든다.

"중전마마께서도 곧 해산일이시라 들었사옵니다. 겹경사가 아니옵니까."

"그래. 그래서 중전께는 이현궁에 오지 마시라 하였단다. 해산일이 코앞인데 이현궁까지 거둥하시기는 어려울 것이니 말이다."

"주상전하께서는 오시는지요?"

"아마도 이번 나의 생일에는 주상께서만 오실 듯싶구나. 그나저나 군

부인께서는 어찌 지내시더냐?"

"두 분 마마께 안부만 전해드리라 하셨사옵니다. 아시다시피 아직 상중이신지라……."

나는 대답 대신 고개만 짤막하게 끄덕였다.

"영창 숙부님!"

"같이 가아!"

두 공주가 영창의 양 옆에서 손을 잡아당기며 끌고 가자, 영창은 난처한 듯하면서도 싫지 않은 표정을 지으며 어린 조카들을 따라 안으로 사라졌다.

그들의 뒷모습을 나와 나란히 서서 바라보던 능양군이 슬쩍 내게 물었다.

"대군께서는 아직 후금(後金, 청나라)에 머무시는 것이옵니까?"

그가 말하는 대군은 바로 명이였다.

올해 초, 정조사(正朝使, 새해를 축하하러 중국으로 가는 사신)로 명나라에 간 명이는 돌아오는 길에 후금에 들른다고 했다. 예정에 없는 일이었고, 후금과 적대관계에 있는 명나라에는 알리지 않은 사신행이었다.

이번 정조사는 이지가 보위에 오른 후 처음으로 보내는 사신이기도 했다. 이지는 명나라와 더불어 새롭게 떠오르는 후금과도 교류하기를 원했다. 이러한 그의 생각은, 명나라를 중요하게 여기고 후금을 오랑캐 취급하는 대부분의 신하들과 뜻을 달리한 것이기에 명이의 후금행은 철저한 비밀에 붙여졌다.

"후금에 잘 도착했다는 서신 이후로는 소식이 없구나. 걱정이 되기는 한다만……. 어린 시절 다시 입이 트여 말을 하게 된 뒤부터 말하기에 소질을 보이더니, 기어코 사신이 되어 세상 구경을 하겠다며 나간 아이가 아니냐. 그저 지금은 건강하게만 돌아와 준다면 바랄 것이 없겠구나."

"대군이라면 반드시 무탈하게 돌아오실 것이옵니다."

능양군이 입가에 미소를 띠며 대답했을 때였다. 이현궁의 대문 앞이 소란스러워졌다. 창덕궁을 출발한 임금의 행렬이 막 도착한 것이다. 능양군이 앞서 대문 앞으로 나아가 말에서 내리는 임금 이지에게 정중한 인사를 올렸다. 이지는 웃으며 능양군의 인사를 받은 뒤 내게로 다가왔다.

"어마마마."

"주상."

나 역시 웃으며 그를 맞았다.

"소자가 늦지 않아 다행이옵니다. 헌데 영창은 아직 오지 않았사옵니까?"

"벌써 주상의 두 말괄량이 누이들에게 붙잡혀 끌려갔지요."

이지가 상상이 된다는 듯 큰소리로 웃는다.

"하온데 어마마마. 오늘 소자가 가져온 생신 선물이 무엇일 것 같사옵니까?"

"무엇이지요?"

"기대하시지요. 오늘 받으실 선물들 중에 단연 으뜸일 것이라, 소자 감히 말씀부터 올리겠사옵니다."

이지의 말을 이해하지 못한 내가 고개를 갸웃거리던 그때였다.

"어마마마!"

난데없이 이지와 함께 온 호위무관들 중 하나가 갓을 들어 올리며 소리쳤다. 난 단번에 그 목소리의 주인공이 누구인지 깨닫고 눈을 크게 떴다.

"명아!"

"헤헷!"

명이가 호위무관의 복장을 한 채 내게로 달려온 것이다. 명이는 주변에 아랑곳없이 제일 먼저 내게 큰절부터 올렸다.

"그간 무탈하셨는지요?"

"언제 돌아온 것이냐?"

"어마마마의 생신에 맞추어 오기 위해 길을 재촉하여 오늘 새벽에야 도성 문을 넘었사옵니다. 우선은 형님 전하를 뵈어야겠기에, 창덕궁에 갔다가 바로 이곳으로 온 것이옵니다."

"요 녀석."

이제 15살, 늠름하게 자랐다 싶다가도 종종 보여주는 이런 철없는 장난에 마냥 품안의 어린아이처럼 느껴지는 아들이다. 난 명이의 한 손을 두 손으로 잡아 쓰다듬으며 물었다.

"잘 지냈느냐? 먹는 음식은 어떠했고? 잠은 편히 잤느냐?"

"에이~ 소자야 잘 먹고 잘 지냈기에 이리 건강히 돌아온 것이 아니겠사옵니까? 보십시오. 키도 한 뼘이나 더 큰 것 같지 않사옵니까? 곧 형님 전하를 따라잡을 것이옵니다."

이 말에는 이지도 명이의 등을 툭툭 쳐주며 웃는다.

"명아."

"아바마마!"

어느새 소식을 들었는지 혼이 바깥으로 나오자, 명이가 다시 소리치며 혼에게로 달려갔다. 혼은 명이의 밝은 모습을 뿌듯한 얼굴로 바라보았다. 명이는 혼 앞에서 그간 있었던 일들을 쉴 새 없이 늘어놓기 시작했다.

이런 명이의 모습은 평소 황이와 감이의 모습과 별반 다를 게 없었다. 하지만 명이는 지금의 황이와 감이 나이 때 말을 하지 못했다. 아마 그때 명이가 말을 할 수 있었다면 누이들보다 더 많이 재잘대던 아이였을 것 같은 생각에 마음 한켠이 아려왔다.

"말하게 된 뒤로 저리 말을 잘하게 될지 누가 알았답니까."

한때 명이가 말을 하지 못했던 것을 언급하는 내게 이지가 답한다.

"부왕께서 말씀하시기를 대군이 화술에 재주가 있는 것은 모두 어마마마를 닮았기에 그러한 것이라 하셨사옵니다."

나는 눈을 크게 뜨며 부정하듯 고개를 저었다. 하지만 이런 내 모습을 보며 이지와 능양군은 또 한 번 크게 소리 내어 웃었다.

"앗! 잊을 뻔했다!"

한참 혼에게 말을 늘어놓던 명이가 도로 내 쪽으로 돌아오는가 싶더니, 이지와 함께 올 때 가져온 상자로 쪼르르 달려간다. 그러더니 그 안에서 책과 서양의 과학기구들로 보이는 것들을 꺼내어 챙기기 시작했다. 얼핏 보기로는 망원경 같은 것도 있었고, 천주실의(天主實義, 마테오 리치가 쓴 천주교 교리서)라는 글자가 선명한 책도 있었다.

"아바마마, 보여드릴 것이 있사옵니다!"

대문 앞에서 짐을 풀고 물건을 꺼내들 정도로 명이는 상당히 흥분해 있었다. 명이는 명나라와 후금에서 보고 들은 것, 그리고 그곳에서 가져온 새로운 세계의 물건들에 대해 이야기하고 싶어서 안달이 난 것 같았다.

"형님 전하! 어서요!"

혼과 함께 바깥채로 향하는 명이가 이지에게 오라며 급히 손을 흔들었다. 이지는 별수 없다는 듯이 명이에게 고개를 끄덕이고는 다시 나를 돌아보았다.

"이번에 명나라에서 구해온 것들이랍니다. 바로 이현궁으로 오느라 저 물건들에 대한 이야기는 아직 소자도 듣지 못하였사옵니다."

"어서 가보세요."

"예, 어마마마."

이지도 상당히 흥미가 있는지 서둘러 혼과 명이에게로 가버렸다.

그런 삼부자의 뒷모습을 보는 나는 이유 모를 걱정이 몰려와 표정이 어두워졌다. 그것도 그럴 것이, 아직 서학과 관련된 서적이나 물건들이 들어오는 시기가 아니었다. 내가 아는 역사보다 최소 백여 년은 빠르게 느껴졌다. 이것이 과연 옳은 것일까?

"무슨 근심이 있으시옵니까?"

내 표정을 제일 가까이에서 본 능양군이 묻는다.

난 걱정을 떨쳐버릴 겸 고개를 저으며 눈웃음지었다.

"요새 좋은 일만 가득하니 오히려 불안하여 종종 쓸데없는 생각이 드는구나."

"대비마마."

능양군의 얼굴에 웃음이 번져나간다. 그는 이미 내 고민에 대한 답을 알고 있는 것이 분명하다.

"그저 일어나는 좋은 일에 기뻐하시고 소소한 일들에도 행복하시오면, 자연히 불안과 걱정은 눈 녹듯이 사라져 있을 것이옵니다. 당장 눈앞에 일어나는 좋은 일에만 기뻐하며 살기에도 사람의 생은 짧지 않사옵니까?"

능양군은…… 종이는 언제 이런 생각을 할 수 있는 어른이 되어버린 것일까?

난 오래전 어리고 조그마했던 능양군에게 작더라도 소소한 행복을 주고 싶어 했다. 그런데 어느덧 그 아이가 자라 내게 소소한 행복이 무엇인지 알려주고 있다. 한때나마 어린 그에게 주었던 행복들을 어른이 된 그가 내게 돌려주고 있는 것 같다. 가족이란 이런 것일까?

"고맙구나, 종아."

오랜만에 내가 능양군의 이름을 불렀다. 그는 그것이 마음에 드는지 얼굴을 붉히며 미소를 지었다.

난 홀로 배나무 아래에 섰다. 이현궁 담벼락을 따라 심어진 배나무에는 철을 맞은 흰 배꽃이 활짝 피어있었다. 난 배나무 옆길을 따라 걸으며 오래전 이곳에서 혼과 있었던 일을 떠올렸다.

'세자가 스무 살이 되면, 보위를 물려주고 상왕으로 물러나 이곳으로 돌아올 생각이다.'

그는 내게 한 약속을 지켰다.

혼은 세자 이지에게 보위를 물려주고 상왕이 되었다. 몇 년 전 중전 유 씨가 병으로 승하한 뒤 계비로서 혼의 정비가 되었던 나는 대비가 되어 그와 함께 이현궁으로 돌아왔다.

이 시기, 나는 많은 걱정들 속에 있었다. 그리고 때때로 이유를 알 수 없는 두려움을 느끼고 있었다. 중전의 죽음과 내가 새 중전의 자리에 오른 것, 이지가 왕이 된 것, 그와 함께 상왕이 된 혼이 이현궁으로 물러난 것까지, 이 모든 것은 내가 알고 있는 역사와는 전혀 다른 것이었다. 이러한 변화가 옳은 것인지 스스로에게 수없이 반문해 보았지만, 결국 그 답을 얻진 못했다.

'답은 늘 그렇듯 미래에 있다. 늘 그렇듯 답은 미래에 있다. 아직은 내가 볼 수도 없고 닿지도 못한 먼 미래에.'

내 걸음이 한 배나무 앞에서 멈췄다. 난 배꽃을 바라보며 생각했다. 난 지금 행복했다. 혼과, 그리고 두 어린 공주와 함께 하는 이현궁에서의 하루하루가 너무나도 행복했다. 어쩌면 지금 내가 느끼는 이 행복이 계속 이어져 먼 미래의 답이 되는 것이 아닐까?

나의 한 손을 슬그머니 잡는 따뜻한 손이 있었다. 익숙한 감촉에 나는 빙그레 웃으며 돌아섰다. 그곳에는 혼이 서 있었다. 그도 나를 보며 웃고 있었다.

"여기에 있었소?"

"주상께서는요? 아직 명이와 함께 계시나요?"

"그렇소. 명나라에서 가져온 흥미로운 물건들을 두고 심각하게 말을 나누고 있을 거요."

"어찌 더 같이 있으시지 않고……. 그곳에는 전하의 흥미를 끄는 물건이 없었나요?"

"경민."

그가 내 이름을 부른다.

"오늘은 그대의 생일이오. 그 날이 과인에게 어떤 날인지 아시오?"

"어떤 날인데요?"

"바로 경민, 그대 곁에서 단 한시도 떨어져서는 안 되는 날이라오. 그러니 용서해주시겠소? 잠시 곁을 떠나 있었던 과인을 말이오."

능청스러운 그의 사과에 내 웃음은 그칠 줄을 모른다. 그 웃음이 사과에 대한 답이라는 걸 알고 있는 그가 내게 물어온다.

"경민. 행복하오?"

나는 조금의 고민도 없이 그를 향해 배꽃을 닮은 미소를 지으며 대답했다.

"예. 무척이나요."

불어오는 봄바람에 배꽃 잎이 당장이라도 꽃비가 되어 떨어질 듯 팔랑거린다. 그러나 아직 꽃잎이 떨어지기에는 시기가 이르다. 만개한 꽃들은 아직 땅으로 떨어질 때가 아닌 것이다. 난 혼과 함께 배꽃이 핀 배나무 너머, 이현궁의 담장 너머의 푸른 하늘을 올려다보았다.

1618년의 조선.

상왕이 된 광해군 이혼의 이현궁은 내 생일과 더불어 찾아온 봄빛 속에 파묻혀 있었다. 그리고 지금 조선은 무척이나 평화롭고도 평안하다.

〈이현궁의 봄〉 마침.

섣달 그믐날의 서글픔

아직은 서로가 부자 사이라는 것을 모르더라도, 웃으며 인사할 수조차 없는 걸까?
나는 멀어지는 정원군과 명이에게서 오랫동안 시선을 뗄 수가 없었다.
흔이 아쉬움이 담긴 얼굴로 웃었다.
"네가 이리 능풍도정과 가까운영 몰랐구나. ⋯허나 능풍도정은 나를 좋아하지 않는다."

선조 40년인 1607년. 한 해의 마지막 날인 섣달 그믐날.

"혼아."

달콤한 목소리가 깊게 잠들어있던 그의 귓가를 자극한다. 바로 곁에서 들려오는 익숙하고도 그리운 음색이다.

"혼아. 일어나."

그의 이름을 부르는 속삭임은 엷은 웃음소리를 동반했다. 마치 어린아이를 깨우듯 부드럽게, 타이르듯 반복해서 그의 이름이 들려왔다.

"혼아."

세 번째로 이름이 들렸을 때, 혼은 감았던 눈을 떴다.

창호지 안으로 쏟아져 들어오는 반짝이는 햇살 아래로 한 여인이 그를 향해 미소 짓고 있었다. 여인의 미소를 따라 자연히 그의 입술에도 미소가 그려졌다.

혼은 그 여인을 향해 한 손을 내밀며 목소리를 냈다.

"경민아……."

그러나 경민은 그의 손이 닿기도 전에 아침햇살과 함께 산산이 부서
지며 사라졌다. 순식간에, 그의 두 눈 앞에서 말이다.

상식적으로 일어날 수 없는 놀라운 광경에도 혼은 당황하지 않았다.
이런 일은 그에게는 매우 익숙한 일인 듯했다. 그는 씁쓸한 미소를 지
으며 내밀었던 손을 거둬들였다. 그때 밖에서 익숙한 두 사람의 목소
리가 들려왔다. 세자빈 유 씨와 동궁전 박 상궁이었다.

"저하께서는?"

세자빈 유 씨의 물음에 박 상궁이 공손한 어조로 답한다.

"아직 기침하지 않으셨사옵니다."

박 상궁의 말에 세자빈의 입에서는 긴 한숨이 흘러나왔다.

지난해 선조의 계비인 중전 김 씨가 사내아이를 낳았다. 태어나는 순
간 유일한 적통대군이 된 그 아이가 바로 영창대군 이의였다. 여러 후
궁들로부터 수많은 아들을 보았던 선조였다. 그러나 영창대군은 그의
유일한 적자였으므로 아이를 향한 선조의 애정은 대단했다.

영창대군에 대한 선조의 총애가 높아갈수록 조정은 기존의 세자인
혼을 지지하는 대북(大北)과 영창대군을 지지하는 소북(小北)으로 갈라
졌다. 이즈음 선조는 소북의 영수(領袖, 우두머리) 유영경(柳永慶)을 영의
정으로 세우겠다고 마음을 굳혔다. 그것은 선조 스스로가 세자를 개봉

(改封, 봉한 것을 다시 고쳐 봉함)할 의지를 드러낸 것과 마찬가지였다.

조정이 시끄럽게 요동쳤다. 이런 가운데 세자 혼은 동궁전에서 침묵을 유지했다. 그는 평상시와 다름없는 조심스러운 언행으로 조정의 분위기에 휩쓸리지 않으려 노력했다. 그러나 그 혼자 노력한다고 해서 가능한 일이 아님이 판명되는 사건이 곧 일어났다.

며칠 전 혼은 평소와 다름없이 아침 일찍 부왕 선조의 문안을 갔다. 그러나 선조는 그를 만나주지 않았다. 선조는 명나라에서 인정하지 않은 세자가 스스로를 세자로 칭하며 문안을 온 것이 무례하다고 말했다. 그러나 숨은 이유는 분명했다. 공개적으로 혼이 세자인 것을 부정함으로써 조정 내에 세자를 바꾸어야 한다는 여론을 조성하기 위함이었던 것이다. 이런 선조의 속내를 알면서도 혼에게는 아무런 선택지가 없었다. 그는 스스로를 죄인이라 칭하며 편전 앞에 엎드렸다.

한겨울, 추운 영하의 날씨였다. 얼음장보다도 더 단단하고 차가운 바닥에 무릎을 꿇고 엎드려 하루 종일 죄를 청하던 혼은 결국 피를 토하며 쓰러졌다. 선조는 바로 자신이 있는 편전 앞에서 그런 일이 벌어졌음에도 무관심으로 일관했다.

"조용히 문을 열게."

"예, 빈궁마마."

이미 잠에서 깨어있던 혼은 문이 열리는 소리에 몸을 일으켰다. 이를 본 세자빈이 서둘러 그의 곁으로 다가와 부축하며 말했다.

"더 쉬시지요."

혼은 고개를 저으며 말했다.

"아바마마를 뵈러 가야겠소."

"저하! 지금은 쉬셔야 하옵니다. 몸이 다 나으신 후에……."

"얼마나 지났소?"

"예?"

"내가 이리 누운 지 얼마나 지났느냔 말이오."

"이틀이옵니다."

"이틀?"

혼은 무언가 잘못되었다는 얼굴로 고개를 세차게 저으며 자리에서 일어섰다. 하지만 곧 비틀거렸다. 세자빈이 서둘러 그를 부축했지만 그는 그 부축을 받지 않았다.

"저하! 의원이 주상전하께 저하의 용태를 올려드렸다 하옵니다. 주상전하께서도 저하의 용태를 아시오니 우선은 마음부터 놓으시고 쉬시지요."

"그럴 순 없는 일이오. 내 지금 여기서 숨이 끊어진다 해도 자식된 도리를 다 하여야겠소. 또한 신하로서도 그런 불충을 저지를 수 없소."

의관을 갖춰 입은 혼은 연(輦, 가마)이라도 타고 가라는 세자빈의 말을 끝내 거절한 채 걸어서 편전으로 향했다. 날씨는 한겨울. 며칠 전 편전에서 피를 토하고 쓰러진 뒤로 낫지 않은 몸 상태 때문에 그는 계속해서 기침을 터트렸다. 기침을 한 번 내뱉을 때마다 목구멍이 칼로 베이는 듯한 통증이 이어졌다. 이뿐만 아니라 걸음을 딛을 때마다 어지럼증이 밀려와 걷는 것도 쉽지 않았다. 그러나 그보다 더 그를 힘들게 만드는 것은 나인들의 시선이었다. 편전으로 향하는 동안 많은 나인들의 시선이 그에게 꽂혔다. 며칠 전 편전에서 있었던 일들을 이미 알고 있는 그들은 혼이 곧 세자의 자리에서 쫓겨날 것이며, 새로운 세자는 어린 영창대군이 될 것이라 수군대고 있었다.

"아바마마께 아뢰어주시게."

편전 앞에 당도한 혼이 편전 내관에게 청했다. 그러나 내관은 혼의 눈치만 살피며 쉽사리 입을 열지 못했다. 혼은 그 이유가 무엇인지 알아챘다. 편전 안에서는 선조의 웃음소리가 흘러나오고 있었다.

"옳지! 옳지! 그래, 이리 오너라. 부왕에게로 오너라!"

"아바, 아바……. 헤헤."

걸음마를 시작한 영창대군은 재롱이 늘었다. 늘그막에 얻은 대군의 재롱에 빠져든 선조에게 며칠째 의식도 없이 누워 있었던 혼의 상태는 안중에 없었다.

혼은 편전 안에서 들려오는 소리에 귀를 기울이며 무겁게 눈을 감았다. 그는 마음을 가다듬고는 눈을 떴다.

"아뢰어주시게."

혼이 다시 한 번 편전내관에게 청했다. 그제야 머뭇거리던 내관이 조심스럽게 안을 향해 소리를 냈다.

"전하. 세자저하 드셨사옵니다."

안에서 들리던 웃음소리가 거짓말처럼 그쳤다. 단지 어린 대군의 옹알거림만은 간간이 들려왔다. 조금 뒤 안에서 선조가 대답했다.

"세자는 몸이 좋지 않다하니, 물러가 몸을 추스르라 전하라. 문안은 그 후에 받겠노라."

영창대군 덕분인지 오늘 선조의 기분은 나빠 보이지 않았다. 이런 선조의 반응에 제일 안심한 것은 편전 내관이었다. 내관은 입을 다문 채 짧은 숨을 내쉬고는 혼을 돌아보았다.

"저하, 전하께서……."

"알았네."

혼은 무거운 발걸음을 돌렸다. 그의 등 뒤로 영창대군을 향한 선조의 웃음소리가 이어졌다.

겨울의 습한 추위가 순식간에 몰려들었다. 또다시 어지럼증을 느낀 혼이 비틀거리자, 눈치 빠른 최 내관이 급히 달려와 부축했다. 그가 아니었더라면 혼은 편전 계단석 아래로 넘어졌을지도 모른다.

"연을 대령하올까요?"

"되었네."

최 내관의 부축을 물리며 혼은 느린 걸음으로 편전을 떠났다.

동궁전을 향하던 혼이 잠시 걸음을 멈췄다. 하늘에서 싸락눈이 내리기 시작했기 때문이었다. 혼은 한 손을 펴 바닥을 하늘을 향해 내밀었다. 내리던 눈이 그의 손에서 온기를 머금고 순식간에 녹아 사라졌다.

"저하?"

추운 날씨에 바깥에 오래 있다 큰 병이라도 들까 최 내관이 걱정스런 목소리로 혼을 불렀다. 그러자 혼이 손에서 녹아내리는 눈을 응시하며 입을 열었다.

"제주에도 눈이 왔다던가?"

최 내관은 잠시 고민했다. 혼의 물음에 담긴 의미를 알아챘기 때문이었다. 이 질문은 몇 해 전부터 겨울만 되면 반복되는 물음이었다.

"제주는 남쪽이라 한성보다는 덜 춥다 하옵니다. 또한 날씨가 좋으니 겨울에 황감도 열리는 것이 아니겠사옵니까?"

"그렇겠군……."

힘없이 혼이 중얼거린다.

늘 그렇듯 최 내관은 혼이 원하는 소식을 들려주지 못한다. 그저 그의 걱정을 조금이나마 덜어줄 수 있는 말로 위로할 뿐이다. 최 내관도 알고 있었다. 정말로 혼이 알고 싶은 것은 제주에 눈이 내리는지 안 내리는지가 아니란 걸.

"저하."

멀지 않은 곳에서 세자빈이 다가왔다. 그녀는 자신의 뒤를 따라온 연을 혼 앞에 내려놓도록 하고 혼에게 연을 타고 동궁전으로 돌아갈 것을 권했다. 혼은 이를 거절했다.

"걸어서 가겠소."

"저하. 이제 편전을 벗어나셨으니 연에 오르시지요."

세자빈의 간곡한 청을 다시 한 번 물리치려던 혼의 뒤로 한 여인의 앙칼진 목소리가 들렸다.

"아니, 세자가 아니십니까?"

인빈이었다. 갑작스러운 그녀의 등장에 세자빈의 얼굴이 차갑게 굳었다. 그러나 혼은 정중히 인빈에게 인사를 올렸다. 그러자 인빈의 옆에 있던 한 여인이 고개를 숙이며 혼에게 예를 올렸다. 그녀는 정원군

부인 구 씨였다. 그녀의 뒤로 정원군의 어린 아들들이 서 있었다.

영창대군이 태어난 뒤로 손자들을 향한 선조의 관심은 예전과 다르게 많이 줄었다. 그럼에도 정원군 소생의 아들들에게는 특별하리만치 신경을 써 주었다. 그 덕분에 구 씨는 정원군이 유배 중임에도 불구하고 선조의 배려 속에서 종종 아들들과 입궐하여 인빈을 뵙고 있었다.

"각혈을 하셨다 들었는데 그 소문이 다 거짓이었나 보옵니다. 이리도 강녕해 보이시니."

빈정대는 인빈의 태도에도 혼은 평정심을 유지한 얼굴이었다. 인빈은 혼에게서 별다른 반응이 돌아오지 않자, 구 씨의 뒤에 서 있던 손자들을 향해 말했다.

"인사 올리지 않고 뭣들 하느냐? 세자저하 아니시냐."

인빈의 말에 제일 먼저 앞으로 나선 것은 올해 13살이 된 능양군 이종이었다. 이종은 공손하게 두 손을 모으며 혼에게 인사를 올렸다.

"세자저하."

언제부터인지 능양군 이종은 그를 예전처럼 친근하게 백부라고 부르지 않았다. 혼은 그 인사를 받으며 능양군이 어릴 적 자신을 따르던 모습을 떠올렸다. 저절로 씁쓸한 미소가 지어지지 않을 수가 없었다.

능양군의 뒤를 이어 어린 두 동생 이보와 이전도 인사를 올렸다. 마지막으로 혼의 시선이 제일 어린 올해 4살의 이명을 향했다. 이명은 말똥말똥한 눈으로 혼을 올려다보고 있었다.

혼은 이명을 보며 인빈에게 물었다.

"이 아이가 몇 해 전 큰 병을 앓았던 바로 그 아이입니까?"

"그렇습니다. 그때 그 병으로 아직 말을 못합니다만, 허 의관의 말로는 못 나을 병은 아니라 하더군요."

명이는 한 손에는 제기를 들고 다른 한 손으로는 능양군의 손을 꼭 붙잡은 채 서 있었다. 말을 못한다는 것 때문인지 그 누구도 명이에게 세자인 혼에게 인사를 올리라고 하지 않았다. 혼은 명이를 물끄러미 내려다보다가 다시 고개를 들어 인빈에게 정원군의 소식을 물었다.

"정원군은 잘 지내고 있답니까?"

혼의 물음에 능양군이 호기심 어린 눈으로 혼을 보았다. 유배 간 정원군에 대한 이야기는 그의 아들들에게는 금기로 다뤄지고 있었다. 그의 유배형이 언젠가 풀릴지 모르기 때문이기도 하지만, 정원군은 죄인의 신분으로 그 먼 제주까지 간 사람이었다. 그러다보니 당연하게 구씨는 아들들에게 정원군의 소식을 일체 들려주지 않고 있었다.

"이만 물러가겠사옵니다. 말씀 나누시지요."

구 씨가 먼저 나서서 아들들을 데리고 자리를 피했다. 그들이 멀어진 후 인빈이 입을 열었다.

"누구 때문에 억울하게 유배를 갔는데, 잘 지낼 리가 있겠습니까?"

싸늘한 어조로 답이 돌아오자, 혼의 시선이 땅에 떨어졌다. 인빈은 그 반응을 보며 더욱 목소리를 높였다.

"그나마 다행인 것은 그 계집이 정원군과 함께 있다는 것이겠지요."

혼이 땅에 두었던 시선을 다시 들어올렸다.

"그 계집이 제주에서 아이를 잃었다지만, 다시 아이를 가지게 될지도 모르지요. 그리하면 전하께서도 유배형을 거둬주실지 모르는 일이 아니겠습니까? 아이가 죽었다는 말에 전하께서도 상심하셨으니 말입니다. 나야 그 계집이 여전히 탐탁지 않지요. 허나 다시 아이가 생겨 전하의 은덕으로 유배에서 풀려나기만 한다면야 더 바랄 것도 없지요. 아니 그렇습니까, 세자?"

혼의 눈에 미세하지만 힘이 실렸다. 흔들거리는 혼의 눈빛을 옆에서 본 세자빈이 앞으로 나섰다.

"정원군께선 군자이십니다. 유배지에서 여인을 가까이 하실 분이 아니시지요."

인빈이 싸늘한 미소를 지으며 답한다.

"그렇지요. 빈궁의 말도 일리가 있습니다. 내 아들이지만 참말로 그 속이 너무 깊어 도무지 이해가 안 갈 때가 많습니다. 특히 우애를 위해 내놓지 못하는 것이 없으니……. 만약 세자께서 간이라도 내어놓으라 말씀하시면 내어놓을 사람이 아닙니까?"

인빈이 더 이상 할 말이 없다는 듯 몸을 돌려세웠다. 그리고 마지막 한마디를 혼에게 남겼다.

"허나, 정원군도 사내 아닙니까."

인빈이 떠나자 그 자리에는 서늘한 한기만이 남았다. 인빈이 떠난 자리만 응시하고 있는 혼에게 세자빈이 바짝 다가와 서며 말했다.

"인빈의 말을 마음에 담아두지 마십시오. 정원군의 유배가 속절없이 길어지니, 분한 마음이 드는 건 어미로서 당연한 것이겠지요."

그러자 혼이 고개를 들어 담장에 쌓이고 있는 눈을 쳐다보았다.

"조금만 더 참으시지요. 머지않아 저하의 세상이 올 것이옵니다. 지금처럼 조금만 더 견뎌내고 참아내시면 훗날에……."

"빈궁."

혼이 무겁게 입을 열었다.

"빈궁의 눈에는 내가 참고 이겨내는 것으로 보이시오?"

"저하?"

혼이 담장에서 눈을 떼고 세자빈에게로 돌아섰다. 그의 눈은 당장이라도 눈물이 흐를 듯 슬픔에 휩싸여 있었다. 세자빈은 그런 혼의 모습에 어찌할 줄 몰랐다. 혼이 말했다.

"난 겨우 숨을 쉬고 있소. 이 궐이라는 창살 없는 새장에서 말이오."

혼의 대답에 빈궁은 고개를 숙이며 조용히 자리를 떠났다.

남겨진 혼은 눈을 맞으며 고개를 들어 하늘을 올려다보았다.

"제주가…… 이리도 멀었던가."

혼은 입으로 숨을 내쉬기 시작했다. 그때마다 차가운 공기가 그에게 폐부를 찌르는 고통을 전해주었다. 그러나 지금 그에게는 그 작은 고통마저도 위로가 되고 있었다.

'일국의 세자가 되어서 연모하는 이를 위해 아무것도 해주지 못하고, 지켜주지도 못하고, 함께하지도 못한다는 것이 얼마나 고통스러운 것인지. 경민아, 너는 이 세자라는 자리를 지켜주기 위해 제주로 떠났지. 허나 내게는 이 세자 자리가, 너와 나를 갈라놓고 너에게로 다가가지 못하게 하는 아주 무거운 짐이라는 걸 알고 있었느냐?'

정원군과 경민이 제주로 떠난 후, 혼은 후회라는 말을 가슴에 수도 없이 새겨넣어왔다. 이름뿐인 세자의 자리를 지켜주기 위해 그들이 유배를 떠난 것은 처음부터 옳지 못했다고 생각했다. 그는 어떤 일이 닥쳐도 그녀와 함께여야 했다. 왜 그는 자신을 지키기 위해 궐을 떠나겠다는 그녀를 막지 못했을까?

유배를 택한 경민의 결정이 당시로서 최선이었다는 건 혼도 알고 있었다. 두 사람이 함께하기에 이 궐은 너무나도 위험했다. 혼에게는 적이 많았다. 그 적들은 혼에겐 궐에서 유일한 안식처인 경민이 그의 가장 큰 약점이라는 걸 알고 있었다. 그리고 그들은 경민이 제주로 떠나지 않았더라도 어떤 식으로든 경민을 위험에 빠트렸을 것이다. 혼, 그를 세자의 자리에서 내쫓기 위해서라면 말이다.

하지만 제주로 떠난 경민은 그곳에서 그의 아이를 잃었다. 그 사실을 전해들은 것은 1년여의 시간이 흐른 뒤였다. 그 뒤 혼은 하루하루 가슴을 쥐어짜는 고통에 시달리고 있었다. 하지만 그 고통도 내색할 수 없었다. 궐에서는 그가 하는 말 한마디도, 심지어 작게 뱉은 기침소리도 반나절이 채 지나기 전에 모든 이가 알게 되기 때문이었다.

그를 세자의 자리에서 쫓아내려는 이가 그의 가장 가까운 곳에 있었다. 혼은 마음을 짓누르는 고통이 클수록 더욱 더 숨을 죽이고 숨소리조차도 들리지 않게 했다. 마치 죽은 사람처럼, 그렇게 말이다.

그가 세자의 자리에서 물러난다면 그가 함께하고 싶은, 지켜주고 싶은 사람을 구해낼 수 있는 마지막 희망조차 사라져버릴 테니까.

탁. 툭.

작은 제기 하나가 혼의 발을 치고 땅에 떨어졌다. 혼은 그 제기가 날아온 방향으로 고개를 돌렸다. 그곳에는 어린 소년이 서 있었다. 혼은 그 아이를 알아보았다. 조금 전 정원군 부인 구 씨의 뒤에 서 있던, 정원군의 아들들 중 하나인 이명이었다.

정원군이 유배를 간 뒤에 태어난 이명의 존재는 한동안 궐의 그 누구도 알지 못했다. 심지어 인빈조차도 말이다. 구 씨가 나중에 해명하기를, 정원군이 죄인의 몸이기에 말할 수 없었다고 하였다. 어찌되었든 이 아이는 아기 때 병을 앓은 뒤 목소리를 잃었고, 모두의 관심에서 멀어졌다.

명이는 멀찍이 서서 혼을 물끄러미 바라보고 있었다. 제기를 돌려받길 원하는데, 말을 하지 못해 쭈뼛거리는 모양새였다. 혼은 아이의 마음을 눈치채고는 발 앞에 떨어진 제기를 주워들었다. 그러자 굳어있던 명이의 얼굴에 환한 웃음이 찾아왔다. 몇 년 동안 단단히 얼어있던 혼의 마음을 순식간에 누그러뜨릴 정도로 따뜻한 미소였다. 동시에 혼의 마음 안에는 그리운 한 사람의 미소가 떠올랐다. 그 떠올림은 곧바로 그 미소를 볼 수 없다는 사실을 되새겨주며 그의 마음을 다시금 차갑게 얼어붙게 만들었다.

명이가 천천히 혼에게로 걸어오기 시작했다. 명이는 소리를 내지는 못했지만 방실거리며 혼에게 고마움을 표시하는 미소를 짓고 있었다. 그러나 그 미소와 함께 명이가 혼에게 가까이 다가올수록, 혼의 얼굴은 더욱 더 단단하게 굳어져갔다.

'넌 소리를 내지 못해도 얼굴에 감정을 드러낼 순 있구나. 허나 난 소리를 내지도 감정을 드러내지도 못하지.'

명이가 혼의 바로 앞에 다가와 섰다. 큰 키의 혼을 올려다보며 눈웃음을 지은 명이가 작고 고운 두 손을 모아 혼의 앞에 내민 그때였다. 혼이 한 손에 들고 있던 제기를 담장 너머 궐 밖으로 멀리 던져버렸다.

혼의 행동에 당황한 명이의 얼굴에서 미소가 사라졌다. 명이는 작은 입술을 깨물고는 눈물을 뚝뚝 흘리기 시작했다. 혼은 그 얼굴을 내려다보며 순간적으로 한 자신의 행동을 후회했다.

'말도 하지 못하는 아이를 상대로 얼마나 치졸한 짓인가.'

뒤늦게 몰려오는 후회감에 혼은 제기를 던진 담장 너머로 시선을 돌렸다. 그러나 궐 밖으로 떨어진 제기를 찾아오는 것은 그에게 불가능한 일이었다. 혼은 잠시 고민하다가 명이를 남겨둔 채 자리를 떠났다.

깊은 밤 동궁전에서 유일하게 빛을 내는 곳은 바로 세자빈 유 씨의 처소였다.

"빈궁마마. 전하께서 내일 유영경을 영의정에 앉힌다는 소문이 돌고 있사옵니다. 이는 세자의 보위를 대군에게 내려주기 위한 수순이 아니겠사옵니까?"

"쉿."

박 상궁이 전하는 소식을 듣던 세자빈이 한 손가락을 조심스럽게 자신의 입가에 가져다댄다. 그것은 그녀의 앞에서 잠들어있는 세손 이지 때문이 아니었다. 문 밖에서 누군가의 움직임을 느꼈기 때문이었다.

이윽고 문 밖에서 소리가 들렸다.

"빈궁마마, 개시이옵니다."

"들어오너라."

"예, 마마."

문 밖에서 상궁 김개시가 조심스러운 걸음으로 들어와 앉았다. 개시는 원래 동궁전 나인이었으나 작년에 상궁이 되었고, 세자빈은 그녀가 대전 상궁이 될 수 있도록 중전에게 부탁했다.

개시는 세손이 잠든 것을 확인하고, 박 상궁을 한 번 흘깃 본 후에 세자빈을 향해 아뢰었다.

"전하께서 연흥부원군에게 조용히 입궐하라 명하셨사옵니다."

"중전의 부친을? 이 시각에 말이냐?"

세자빈은 침착한데, 오히려 박 상궁이 더 당황하며 되묻는다. 그러자 세자빈이 매섭게 눈을 치켜뜨며 박 상궁에게 목소리를 낮추라는 눈짓을 보냈다. 박 상궁이 입을 다물자, 세자빈이 개시에게 물었다.

"중전께서는 침수 드셨더냐?"

"소인이 대전에서 오는 길에 들러 물어본 바로는 아직 침수 전이시고, 의관을 갖춰 입고 계시다 하옵니다."

그 말을 들은 박 상궁이 낮은 목소리로 중전에게 속삭이듯 말했다.

"연흥부원군이 입궐하면 중전께서도 편전으로 가셔서 전하를 뵐 것이 분명하옵니다. 이를 어찌하옵니까? 필시 전하께서는 세자저하의 자리를 영창대군에게 주려 일을 꾸미고 계신 것이 아니겠사옵니까?"

깊은 생각에 잠겨 있던 세자빈이 조용히 자리에서 일어섰다.

그녀가 향한 곳은 바로 혼의 처소였다. 며칠째 몸이 좋지 않은 혼은 이미 일찍 자리에 든 뒤였다. 소리 없이 안으로 들어선 세자빈은 혼이 깨기라도 할까 조심스럽게 움직이며 촛불을 켰다. 그리고 그 빛이 혼의 시야에 바로 들어가지 않도록 멀찍이 놓고는 약한 빛에 의지해 혼의 머리맡에 놓인 작은 상자를 들어올렸다.

상자를 열자 안에서 두 조각으로 나뉘어진 작은 옥이 모습을 드러냈다. 촛불을 등지고 앉은 탓에 자신의 그림자가 드리워져 자세히 볼 수는 없었다. 그러나 세자빈은 그 옥에 새겨진 글자가 무엇인지 잘 알고 있었다.

광해군 혼(光海君 琿)

아주 오래전, 혼의 어머니이자 선조의 후궁이었던 공빈 김 씨가 아들 혼에게 주었던 옥이었다. 그러나 왜란 중 그 옥은 두 조각으로 깨어졌고, 깨어진 반쪽의 행방은 오랫동안 알 수 없었다. 그리고 몇 년 전 아주 우연한 일로 혼은 그 옥을 되찾았다. 그는 그 특별한 일에 대해 세자빈에게 말해준 적이 있었다.

"보은……. 보은……."

세자빈이 작은 목소리로 중얼거리며 상자 안의 두 옥을 쓰다듬었다. 그녀는 머릿속으로 누군가를 떠올리고 있었다. 바로 이 옥의 반쪽을 혼에게 되돌려준 인물이었다.

"무슨 일이오?"

갑자기 들려온 혼의 목소리에 세자빈이 화들짝 놀라며 상자를 닫았다. 혼이 깨어난 것이다. 혼은 몸을 일으켜 세우며 물었다.

"어머님의 옥패가 든 상자가 아니오?"

"예, 그러하옵니다."

"그 상자를 어찌 찾으시오?"

"그것이…… 다름이 아니오라, 깨어진 옥을 언제까지고 저리 둘 수는 없는 일이 아니옵니까?"

"허나 고칠 방도가 없지 않소?"

"정월 초하루에 명으로는 가는 사신 편에 보내어 고쳐오게 할까 하옵니다."

"명으로 보낸다……. 알겠소. 그리 하시오."

혼이 다시 눈을 감자 세자빈은 촛불을 끄고는 상자를 들고 밖으로 나왔다. 밖에는 박 상궁과 개시가 그녀를 기다리고 있었다. 세자빈이 개시를 향해 말했다.

"네가 해주어야 할 일이 있다."

개시가 눈을 힘주어 뜨며 세자빈을 바라보았다.

조선의 제14대 임금 선조가 사망한 것은 1608년 봄. 아직 겨울의 추위가 다 가시기도 전의 일이었다. 선조는 대전 상궁인 개시가 만들어 올린 떡을 먹다가 급체로 사망했다고 한다.

〈섣달 그믐날의 서글픔〉 마침.

가라고 가랑비, 있으라고 이슬비

"저 역시 내자가 그리 매정한 여인이 아니라는 것을 잘 알고 있습니다.
그녀는 썩 훌륭하진 못해도 좋은 품성을 지닌 여인입니다. 과거에도, 그리고 지금도."
정원군이 잠시 숨을 고르더니 내 눈을 향해 한 치의 흔들림 없는 시선을 보낸다.
"허나 마마와 제가 처음부터 인연이 아니었듯, 내자와 저 역시 인연이 아니었던 것입니다."

1592년 겨울, 평안도 대차유령(大車踰嶺, 의주로 가는 길에 위치한 고갯길로 고도 379m).

　짙은 회색빛 구름이 하늘을 가득 메운 저녁. 하늘에서는 눈이 쉴 새 없이 쏟아지고 있었다. 영변에서 의주로 넘어가는 언덕바지, 인근에 사는 사람들에게는 대차유령이라고 불리는 곳이었다. 이곳을 지나 대륙으로 가는 사신들을 위해 지어진 관사(館舍)에서 16세의 한 소년이 마지막 숨을 거칠게 내쉬고 있었다.

　신성군 이후.

　왜란이라는 큰 국난이 일어나지 않았더라면 조선의 세자가 되었을지도 모르는 소년이었다. 죽는 그날까지 떠날 것이라고 상상도 하지 못했던 한성을 떠나, 하염없이 북쪽으로 향한 지 수개월. 왕자라는 귀한 태생으로 노숙은 물론이고, 하루에 한 끼도 제대로 챙겨먹지 못하는 날들이 이어지자 그는 현실을 이겨낼 힘마저 잃어가고 있었다.

선조 소생의 왕자들 중 그 누구보다도 건강하고 활달했던 그의 어린 시절을 기억하는 이라면, 지금 그가 생사의 고비에 놓여있다는 사실을 받아들이기 어려울 것이다. 그러나 왜란이라는 예상치 못한 현실은 그를 죽음으로 내몰았다.

신성군의 옆에서 맥을 짚던 의관이 고개를 저으며 뒤로 물러나자, 신성군의 곁에 앉아있던 정원군이 와락 눈물을 쏟았다. 두 살 많은 동복형 신성군을 그 누구보다도 존경하고 따랐던 정원군이었다.

의주로 향하는 피난길에서 선조는 신성군에게 영변에서 병사들을 모으는 중책을 맡겼다. 정원군은 인빈의 반대에도 불구하고 자처해서 신성군을 뒤따라 영변으로 향했다. 그러나 전쟁의 소문을 듣고 백성들이 흩어진 탓에 병사들을 모으는 것은 결코 쉽지 않았다. 결국 별다른 수확도 없이 의주로 돌아가던 중 신성군이 앓아눕고 말았던 것이다.

"형님……. 으흐흑."

정원군은 신성군의 손을 붙잡은 채 울먹였다. 그러나 가녀린 숨소리만 들려올 뿐, 신성군에게는 애타는 동생의 울먹임에 응답할 작은 여력조차 남아있지 않은 듯했다.

그런 정원군을 걱정스러운 눈으로 바라보는 이가 있었다. 그의 장인인 구사맹이었다. 정원군이 신성군과 함께 영변으로 가겠다고 했을 때, 구사맹은 장인으로서 정원군과 함께했다. 구사맹은 지금 죽음을 목전에 둔 신성군보다도 정원군이 더 걱정이었다. 신성군이 앓아누운 뒤로 정원군은 식음을 전폐하다시피 하며 신성군의 곁을 지켰다. 이러다가 정원군마저 병에 걸릴까 조마조마해진 구사맹이 결국 정원군에게 다가갔다.

"정원군, 신성군의 곁은 제가 지키겠습니다. 그러니 정원군께서는 조금이라도 쉬시지요."

"아니오. 형님의 곁에 있을 것이오."

"이러다가 정원군께서 몸이 상하시기라도 하면 전하의 시름이 더 깊어질 것을 모르십니까?"

신성군의 상태가 위중하다고 의주로 파발마를 보낸 건 며칠 전. 선조는 당장 신성군을 의주로 옮기라고 명을 내렸지만, 신성군의 몸은 며칠째 그칠 기미가 없어 보이는 눈을 뚫고 의주로 옮길 수 있는 상태가 아니었다. 더군다나 눈으로 길이 막혀, 말로 달리면 반나절이면 도착할 이곳 대차유령까지 올 수도 없게 된 선조는 죽어가는 아들의 소식을 전해들을 뿐 발만 동동 구르고 있었다.

그때 정원군이 잡고 있던 신성군의 손이 서서히 들리기 시작했다. 놀란 정원군이 서둘러 신성군의 안색을 살폈다.

"형님?! 정신이 드십니까?"

"어머니……."

죽어가는 신성군의 입에서 인빈을 부르는 목소리가 흘러나왔다. 의식을 되찾은 것 같지는 않았다. 정원군이 신성군의 머리맡에 고개를 파묻고 왈칵 눈물을 터트린 순간이었다.

"여…… 연지야……."

정원군의 울음이 순간 멈추며 주변은 침묵에 휩싸였다.

"연지야……."

엎드려 있던 정원군이 천천히 고개를 들어올렸다. 곁에서 신성군이 한 말을 함께 들었던 구사맹이 서둘러 의관을 돌아보며 말했다.

"뭐하는가? 어서 다시 맥을 짚어 보게. 어서!"

"예에!"

의관이 서둘러 달려와 허공에 들린 신성군의 손목을 잡으려고 할 때였다. 의관의 손이 닿기도 전에 신성군의 손목이 맥없이 바닥으로 떨어졌다. 그의 숨이 끊어진 것이다.

신성군을 오랫동안 곁에서 모시던 내관이 엎드려 통곡하기 시작하고, 주변은 나인들의 울음소리로 가득 찼다. 신성군의 운명은 바로 여기까지였다. 선조의 총애를 독차지한 인빈에게서 태어나 한때는 유력한 세자후보였던 그였다. 그러나 그는 추운 겨울이 찾아온 북쪽의 한 관사에서 그렇게 숨을 거두었다.

정원군은 뺨을 타고 내리는 눈물의 감각도 잊은 채 힘없이 자리에서 일어섰다.

"정원군?"

장인 구사맹이 그를 부르고 있었다. 그러나 정원군의 귀에는 구사맹의 목소리도, 관사를 가득 채운 나인들의 통곡도, 아무것도 들리지 않았다.

정원군은 문을 열고 눈이 내리는 밖으로 걸어 나왔다.

'연지야⋯⋯.'

죽어가던 신성군이 마지막으로 부른 한 소녀의 이름.

그 이름은 정원군도 그의 장인 구사맹도 알고 있는 한 소녀의 이름이었다.

구연지.

지금쯤 의주에서 정원군과 구사맹이 무사히 돌아오기만을 간절히 기원하고 있을 그 소녀. 연지는 다름 아닌 구사맹의 여식이자, 2년 전 정원군과 혼인한 그의 부인 구 씨의 이름이었다.

신성군이 앓아눕기 전부터 내리기 시작한 북쪽 지방의 눈은 그가 숨을 거둔 오늘 밤에도 여전히 그칠 기미 없이 쏟아져 내리고 있었다. 달조차 구름 뒤에 가려 보이지 않는 밤. 정원군은 하늘에서 내리는 눈을 올려다보며 2년 전의 가을날을 떠올리고 있었다. 그의 회상 속에서 하늘에서 내리는 눈은 가을바람에 실려 날아다니는 나뭇잎들로 서서히 바뀌기 시작했다.

1590년 가을 한성부 호현방.

"이쪽이다. 이쪽!"

화창한 가을 햇살을 뒤로하고, 기대감으로 잔뜩 얼굴을 붉힌 한 소년이 앞으로 빠르게 달려 나간다. 그런 소년의 뒤를 뛰지도, 그렇다고 천천히 걷지도 못한 채 종종걸음으로 따르는 소년이 있었다. 한눈에 보기에도 두 소년의 나이 차이는 크지 않아 보인다. 앞서가는 소년은 이미 관례를 치렀는지 상투를 틀고 갓을 쓰고 있었고, 뒤를 따르는 소년은 관례 전인지 사규삼 차림에 복건을 쓴 도령의 모습이었다.

뒤따르는 소년은 한눈에 보더라도 계집아이마냥 예쁘장한 외모를 가지고 있었다. 그는 바로 선조와 인빈 김 씨 사이의 삼남 정원군 이부였다. 정원군보다 앞서 뛰어가는 갓을 쓴 소년은 그의 동복형인 신성군 이후였다.

"형님, 대체 어디 가셔요?"

몇 달 전 혼인해 궐 밖에 나가 살기 시작한 신성군과 아직 혼례 전인 정원군이 공식적으로 매일 만나는 곳은 종학이었다. 그날 종학이 끝나자마자 신성군은 퇴궐 길에 정원군을 데리고 나왔다. 신성군을 그 누구보다도 따르는 정원군은 그가 어디로 가는지도 모른 채, 그렇게 궐 밖을 나온 것이다.

부왕은 물론이고 호랑이보다도 더 무서운 어머니 인빈에게도 허락받지 않고 몰래 나왔다는 죄책감이 어린 정원군의 마음을 옥죄고 있었다. 나중에라도 신성군과 함께 퇴궐했다고 한다면 크게 혼날 일은 없겠지만, 엄연히 궐에는 법이 있었다.

"군소리 말거라. 다~ 이 형님이 알아서 가고 있으니. 에헴."

기와집이 늘어선 인적 드문 동네에 다다르자 신성군은 달리던 걸음을 멈추고는 느릿하게 걷기 시작했다. 그제야 신성군을 따라잡은 정원군은 길게 숨을 내쉬었다.

어느 순간 신성군이 걸음을 멈추고는 정원군을 돌아보며 작은 목소리로 말했다.

"내가 지난 단옷날에 한 여인을 보았다 했지?"

정원군은 기억이 바로 떠오르지 않아 대답을 망설였다. 단지 단옷날 이후로 정원군이 글을 읽을 때마다 귀찮게 붙으며 한 소녀에 대해 구구절절 늘어놓았던 것은 기억이 났다. 아마도 그 여인이 단옷날 신성군의 눈에 띄어 단번에 그의 마음을 훔쳐간 듯싶었다.

여기까지 연결 지은 정원군이 천천히 고개를 끄덕였다.

"혹시…… 여우 같은 귀에 사슴 같은 눈을 가졌다는 그 여인이요?"

"그래 맞다. 여기가 바로 그 여인의 집이다. 오늘 내 그 여인의 얼굴을 네게도 보여주고 싶어 이리 데려왔느니."

마치 자신의 자랑할 만한 물건을 보여주겠다는 태도로 신성군이 말했다. 물론 그 단옷날 보았다는 여인은 신성군의 것은 아니었다. 그렇다면 신성군은 곧 그 여인이 자신의 것이 될 것이라고 확신이라도 하는 걸까?

"흐흠! 흐흠!"

궁금한 얼굴의 정원군을 놔두고 신성군이 갑자기 담 안쪽으로 어른 소리를 낸다. 여전히 영문 모르는 정원군은 신성군을 빤히 쳐다보고 서 있을 뿐이었다.

그러나 시간이 지나도록 담 안쪽에서는 아무런 소리가 들리지 않는다. 그러자 신성군이 더욱 목소리를 높였다.

"흐흠! 흐으으으흠!"

정원군은 혹 신성군이 내는 소리에 누가 오기라도 할까 좌불안석이었다. 누군가의 눈에 띈다는 것은 신분이 드러날 수도 있다는 것이고,

그 말은 몰래 경복궁을 나온 것이 들통날 수도 있다는 의미였다.

결국 정원군이 신성군을 말리려 입을 열었을 때였다.

"또 오셨군요."

낭랑한 여자아이의 목소리가 담 안쪽에서 들려옴과 동시에 신성군이 재빨리 정원군의 옷깃을 잡아끌어 담벼락 아래로 바짝 몸을 붙였다. 이유도 모른 채 신성군의 손에 이끌려 담 아래로 몸을 숙인 정원군은 예쁘장한 눈만 연신 깜빡여댔다.

"무탈하시었소, 연지 낭자."

"풋."

돌아오는 건 입술을 비집고 튀어나오는 짧은 웃음소리. 얼핏 듣자니 비웃는 웃음 같기도 한데, 신성군은 마냥 신이 난 얼굴로 히죽거리기까지 한다. 정원군은 그런 신성군의 태도를 도통 이해할 수가 없었다. 저런 웃음소리에는 기분이 나쁜 게 당연한 것 같아서였다.

"내가 올 줄 알았소? 그래서 기다린 것이오?"

"곳간의 쌀알을 훔치러 온 쥐마냥 소리 없이 오시는데 소녀가 어찌 알겠어요?"

영특하게 재잘대는 소녀의 목소리에 신성군의 얼굴이 점점 진한 붉은색으로 바뀌어간다. 정원군은 그런 모습을 더더욱 이해할 수가 없었다. 어쨌든 신성군의 기분은 상당히 좋아보였다.

대체 신성군은 이 소녀의 이름을 어떻게 알아낸 것일까? 게다가 듣자하니 이 두 사람은 한두 번 말을 섞은 것 같지 않았다. 담을 사이에 두고 여인과 말을 섞는 것은 옳지 않은 것 같은데, 존경하고 따르는 형이 벌이는 일이니 정원군은 그저 혼란스러웠다.

"내 오늘은 낭자에게 줄 것이 있소이다."

신성군이 도포자락 사이로 소중히 가져온 무언가를 꺼냈다. 그것을 본 정원군은 놀란 나머지 눈을 크게 떴다. 그것은 부왕이 며칠 전 어머니 인빈에게 내린, 명에서 온 노리개였다. 명나라 황제가 보내온 패물 중 하나인 이 노리개는 원래 중전 박 씨에게 보내진 것이었다. 그러나 부왕은, 중전이 화려한 패물을 좋아하지 않으니 주인은 인빈인 것 같다면서 그것을 인빈에게 내린 것이었다.

정원군이 신성군의 옷자락을 잡아당겼다. 정원군이 알기로 인빈은 그 노리개를 신성군에게 준 일이 없었다. 그렇다면 신성군은 노리개를 양화당에서 몰래 훔친 것이 분명했다. 그러나 신성군은 정원군의 손을 귀찮다는 듯 털어낸 뒤, 방실방실 웃으며 노리개를 작은 비단 주머니에 담아 담 안쪽으로 집어 던졌다.

툭.

담 안쪽에 노리개가 떨어진 소리가 들린 지 얼마 되지 않아서 노리개를 담은 주머니가 담 밖으로 튕겨져 나왔다. 신성군이 당황하는 사이 정원군은 재빨리 노리개가 담긴 주머니를 주워들었다.

"뉘댁 도령이신지는 모르오나, 여염집 규수로서 함부로 받을 수 없음을 알아주세요."

"이런 담 높은 집에 살면서 어찌 스스로를 여염집 규수라 낮추는 것이오."

"도령께서는 소녀가 누구인지 아시겠지요? 그러니 소녀의 이름도

52

아시는 것이겠지요. 허나 소녀는 도령이 뉘신지, 또 함자가 어찌 되시는지도 모릅니다. 그러니 주시는 것을 어찌 덥석 받겠습니까.”

“내 이름를 알고 싶소? 그런 것이오?”

소녀에게서 답이 돌아오지 않는다.

아마 소녀는 얼굴 한 번 본 적 없는, 그러면서도 늘 주변을 맴돌던 신성군의 존재가 궁금해진 것이 틀림없다. 그리고 그 궁금한 마음을 살짝 들킨 것에 당황한 듯싶다.

이런 두 소년 소녀를 제쳐두고 정원군은 땅에 떨어진 주머니에서 조심스레 노리개를 꺼내어 살폈다. 혹시 흠이라도 났다면 어머니 인빈이 크게 상심할까 걱정된 것이다.

“내 오늘 규수에게 패물을 주려 한 것은, 반드시 규수를 내 여인으로 맞아들이고자 하는 뜻을 전하고자 함이오.”

노리개를 살피던 정원군이 고개를 들어 신성군을 보았다. 정원군으로서는 이해할 수가 없었다. 신성군은 몇 달 전 혼례를 치렀다. 그런데 저 담 안의 여인을 맞아들이겠다니?

그때 담벼락 끝에 자리한 작은 문에서 머슴 하나가 문을 열고 나오더니, 담벼락에 붙어선 신성군과 정원군을 발견하고는 물었다.

“거기 뉘시오?”

“이크! 가자.”

머슴의 등장에 놀란 신성군이 냅다 뛰어가기 시작하고, 정원군 역시 그 뒤를 따라 그곳을 벗어났다.

형제는 큰길가에 나와서야 멈춰서 잠시 숨을 돌렸다.

"어휴. 들키는 줄 알았네."

여유가 생기자, 정원군이 내내 속으로 삼키던 궁금증을 정원군이 밖으로 꺼냈다.

"형님. 도대체 그 여인이 누구입니까?"

"병조참판 댁 여식이다."

"벼, 병조참판이요? 그 낭자가 정말 병조참판 댁 규수란 말입니까?"

"그렇다."

정원군이 놀란 눈으로 신성군의 얼굴을 살폈다. 그러나 신성군은 태연스러운 얼굴이었다.

정원군은 믿을 수가 없었다. 병조참판 구사맹이 누구던가? 어머니 인빈은 물론이고 외백부 김공량이 툭하면 꺼내어 비판하기를 서슴지 않는 인물이었다. 또한 그 비판은 구사맹에게만 국한된 것이 아니었다. 구사맹의 아들 구성 역시 주된 비판의 대상이었다.

인빈의 하나뿐인 오라버니인 김공량은 왕의 총애를 받는 누이를 뒷배삼아 권력을 휘두르고 있었다. 이에 불만인 세력들이 생겨났는데, 그 대표주자가 바로 구사맹의 아들 구성이었다. 구성은 젊은 패기를 숨기지 않고, 언제나 자신이 대간의 지위에 오르는 날이 온다면 반드시 김공량을 규탄하여 파직시키겠다고 강경하게 말하고 있었다.

선조는 이를 보고 구성을 중심으로 젊은 관료들이 뭉쳐 혹시라도 인빈의 집안을 고발하는 상소를 올릴까 염려했다. 더 나아가 훗날 신성군을 세자로 책봉할 때 구 씨 집안이 그냥 보고 있지만은 않을 것을 항상 염려하고 있었던 것이다.

"하오나 병조참판이라면 늘 외백부의 험담을 하는 이가 아닙니까?"

"상관없다. 이제 곧 병조참판과 외백부는 사이가 좋아질 것이다."

"어찌 말입니까?"

"내 일전에 아바마마께 말씀을 올렸다. 원수도 사돈을 맺으면 사이가 좋아진다고 말이다. 아바마마께서도 내 말뜻을 알아들으셨는지 칭찬해주셨으니, 곧 좋은 소식이 있을 것이다."

"하오나 형님, 형님께는 형수님이 계시지 않습니까?"

콕 요점을 집는 정원군의 말에 신성군이 잘생긴 미간을 찌푸렸다.

"그 종달새 말이냐? 걱정 말거라. 우선 저 낭자를 내 첩으로 맞아들인 뒤 내자로 만들 것이다."

신성군의 부인 신 씨는 일명 '잔소리쟁이'였다. 신성군의 뒤를 매일같이 졸졸 따라다니며 그의 언행을 일일이 트집 잡았다. 그래서 신성군은 신 씨와 혼인하면서 궐을 나와 살게 되었음에도, 신 씨를 피해 자기 집에 머물지 않고 궐에 들어와 지내는 날이 많았다.

"아바마마의 뜻으로 혼례를 치렀기에 그 시끄러운 종달새가 안채에 들어앉았다만, 곧 소박을 주어 내쫓을 것이다. 그때도 내 뒤를 따라다니며 시끄럽게 구는지 내 두고 볼 것이다."

소박이라는 말이 무슨 뜻인지, 열두 살의 신성군은 알고 하는 소리일까?

아직 일어나지도 않은 일을 상상하며 김칫국부터 마신 신성군이 자신만만한 걸음으로 앞서 가기 시작했다. 정원군은 신성군의 말이 잘못

되었다고 생각했다. 신 씨가 잔소리가 많은 것은 정원군도 알고 있었다. 그러나 그것은 모두 신성군을 위해서 하는 말들이었다. 신 씨는 진심으로 신성군을 위하는 여인이었다. 그런 여인을 내쫓겠다니?

자그마한 입술을 삐쭉거리며 고개를 내젓던 정원군이 신성군의 뒤를 따라 걸으려다가 잠시 멈칫했다. 노리개가 담긴 주머니가 없어진 것을 알아차렸기 때문이었다. 아마도 머슴을 피해 도망치던 도중에 떨어뜨린 것이 분명했다.

정원군은 스스로 챙겼던 노리개를 잃어버렸다는 죄책감에 형의 뒤를 따르지 않고 서둘러 왔던 길을 되짚어가며 노리개를 찾기 시작했다.

다시 찾은 병조참판 댁 담벼락 주변에는 아무것도 없었다. 마치 누가 깨끗하게 빗질을 한 것마냥 낙엽 하나 보이지 않는 땅바닥을 살피며 당황하는 정원군의 머리 위로 낭랑한 소녀의 목소리가 들려왔다.

"이것을 찾고 계신 것입니까?"

정원군이 고개를 들었다.

담 안쪽의 고목나무 위에 한 소녀가 앉아있었다. 정원군 또래로 보이는 그 소녀는 뽀얀 얼굴에 여우 귀처럼 쫑긋 선 귀여운 귀를 가지고 있었다. 또한 사슴의 눈 마냥 반들반들한 눈은 그녀가 형 신성군이 늘 말해오던 소녀라는 것을 보여주고 있었다.

소녀의 한 손에는 신성군의 비단 주머니가 들려 있었다.

"이제야 낯을 뵙는군요."

정원군을 내려다보며 소녀가 자랑스럽게 말했을 때였다. 담 안쪽에서 놀란 여종의 목소리가 들려왔다.

"아가씨! 나무 위에 오르시다니요. 어서 내려오셔요!"

여종에 등장에 놀란 소녀가 살짝 얼굴을 붉히며 나무에서 일어서는 순간이었다. 소녀는 나무 가지와 가지 사이로 발을 헛딛으며 비틀거리더니 담 밖으로 쑤욱 떨어졌다.

"어머나!"

소녀의 짧은 비명소리가 공중을 가르는 사이, 담 아래서 소녀를 올려다보던 정원군이 급히 두 팔을 벌리며 소녀를 받으러 뛰어나갔다. 그러나 비슷한 체구의 상대를 받아준다는 것은 정원군의 상상 속에서나 가능한 일이었다. 정원군은 떨어지는 소녀를 두 팔로 받으며 그대로 뒤로 넘겨져 한바탕 굴러버리고 말았다.

"아윽……."

소녀를 안으며 그대로 바닥에 어깨와 등을 부딪친 정원군은 온몸으로 퍼져나가는 통증에 인상을 찌푸리며 감았던 눈을 조심스레 떴다. 그러자 바로 자신의 몸 위에서 겁에 질려 두 주먹을 쥐고는 부들부들 떨고 있는 소녀가 보였다. 소녀는 정원군의 가슴 언저리에 얼굴을 깊게 파묻고 있었다.

"괜찮소?"

자신의 통증도 뒤로한 채 정원군은 소녀부터 걱정했다. 그러나 그녀는 여전히 담 밖으로 떨어진 충격에서 벗어나지 못한 것인지, 아무런 대답도 하지 못하고 있었다.

정원군은 통증을 삼키며 몸을 일으키고는 먼저 자리에서 일어섰다.

그리고 소녀의 손을 잡고 일으켜 세웠다. 다행히 소녀는 다친 곳은 없는 듯 보였다. 하지만 조금 전 정원군이 보았던, 나무 위에 선 소녀의 당돌한 모습은 사라져 있었다. 그녀는 정원군과 눈도 마주치지 못하고 잘 익은 사과마냥 붉디붉은 얼굴을 한 채 그저 수줍게 그를 바라보고 있었다.

"저……."

"놓아주서요."

잡았던 손을 슬며시 빼며 소녀가 정원군에게서 떨어졌다. 그녀는 바닥에 떨어져 있던 노리개가 담긴 주머니를 들었다. 그리곤 방금 전까지 잡고 있던 정원군의 손 위에 그 주머니를 놓아주며 말했다.

"약조하신 대로 소녀를 정식으로 맞이하러 오실 때, 다시 전해주시기만을 기다리겠습니다."

이 말을 끝으로 소녀는 대문 안으로 들어가 버렸다.

1592년 겨울 의주 행재소(行在所, 임금이 임시로 머무는 곳).

눈이 비로 바뀌었다. 그럼에도 여전히 하늘은 짙은 잿빛이었다. 변덕스러운 북쪽 지방의 날씨는 도무지 적응하기가 어렵다. 그리고 매번 이런 북쪽 지방의 날씨와 마주할 때마다, 한성을 떠나온 모든 이들은 한성의 봄을 그리워했다.

"아아아악! 신성군! 이리 갈 수는 없는 게요! 이 어미를 두고 어찌…… 어찌 간단 말이오! 신성군!"

신성군의 시신이 담긴 관이 행재소인 취승당(聚勝堂) 앞에 도달하자,

인빈 김 씨는 차가운 겨울비에도 아랑곳하지 않고 그대로 비를 맞으며 신성군의 관을 붙잡고 통곡했다. 취승당 마루에 선 선조는 그런 인빈을 차마 보지 못한 채 고개를 돌리고 소리 없는 눈물만 흘렸다.

신성군의 관 옆에 서서 비를 맞는 정원군은 차마 눈물을 보일 수가 없었다. 신성군과 함께 떠난 자신이었다. 그러나 자신은 멀쩡히 살아 돌아오고 형 신성군은 숨을 거뒀다. 마치 신성군의 죽음이 자신의 책임인 것만 같았다. 물론 그 누구도 그에게 책임을 묻지는 않을 것이다. 그럼에도 정원군의 마음 안에는 영원히 지워질 수 없는 죄책감이 심어지고 말았다.

"의복을 갈아입으셔야지요."

지친 기색으로 처소로 돌아온 정원군을 부인 연지가 걱정스러운 얼굴로 맞이했다. 정원군은 어깨가 떨릴 정도로 온몸에 소름이 돋았다.

'여…… 연지야…….'

왜였을까.

정원군도 알고 있었다. 원래부터 신성군이 연지를 마음에 두고 있었다는 사실을 말이다. 그러나 연지가 자신의 부인이 된 뒤로는 신성군이 잊었다고 생각했다. 아니, 잊었어야 했다. 상식적으로는 분명 그러했을 것이라 정원군은 믿어 의심치 않았다.

정원군과 연지가 혼례를 올린 후, 신성군은 단 한 번도 연지의 이름을 입 밖으로 꺼낸 적이 없었다. 우연히 마주치는 일이 있더라도 형식적인 대화가 오갈 뿐, 연지와 말도 제대로 섞은 적이 없던 신성군이었다. 그러나 이 모든 것이 거짓이었을까? 계속 연지를 마음에 두고 있었으면서도 전혀 내색하지 않았던 것뿐일까?

"대감?"

"나가보시오."

"소첩이……."

"나가보라 하지 않았소."

정원군은 스스로 내뱉은 말에 놀라버렸다.

이름 모르는 궐의 나인에게조차도 이처럼 싸늘하게 말해본 적이 없던 정원군이었다. 이런 말투에 연지가 상처를 받을 것이란 것도 그는 알고 있었다. 그런데…….

"아, 알겠사옵니다……."

연지가 고개를 들지 못하며 조용히 밖으로 물러나갔다.

축 처진 어깨로 돌아나가는 연지의 뒷모습을 바라보던 정원군의 머릿속에 2년 전 늦가을에 있었던 일이 떠올랐다.

1590년 늦가을 경복궁 양화당.

"어머님, 소자가…… 혼인을 한다니요?"

"호호. 뭘 그리 놀라십니까. 이제 정원군도 혼사를 치를 나이가 되지 않았습니까?"

"그건 소자도 아옵니다. 허나 지금 말씀하신 처자는 병판대감의 여식이라 하지 않으셨사옵니까? 병판대감은 외백부에 대해 험담하는 이라 가까이 해서는 아니 된다 말씀하시지 않으셨사옵니까? 그런데 병판대감의 여식과 혼인이라니요?"

"그랬지요. 그러나 전하의 말씀을 듣고 이 어미는 생각을 바꾸었습니다."

"바꾸시다니요?"

"병판의 집안과 사돈으로 얽힌다면 그쪽에서도 더 이상 오라버니를 헐뜯는 일은 없을 겁니다. 사돈의 얼굴에 먹칠하는 짓을 할 리가 없을 테니까요. 그러니 정원군은 혼사를 치를 준비를 하세요. 전하께서 마음을 단단히 먹고 계신 이상, 이 혼사는 올해를 넘기진 않을 겁니다."

"예……. 어머님."

정원군의 마음에 한 가지 걸리는 사실이 있었다. 신성군이 마음에 두었던 여인 역시 병판대감의 여식이었다. 병판 대감에게는 여식만 여섯이라고 했다. 대체 자신과 혼사를 올릴 여인은 병판대감의 몇 번째 여식이며, 신성군이 마음에 두었다는 그 여인은 어떻게 되는 것일까? 어린 정원군의 머릿속이 복잡해졌다.

그때 양화당 밖이 소란스러워졌다.

"비켜라!"

"시, 신성군마마!"

직접 양화당의 문을 열어젖히고 뛰어 들어온 것은 신성군이었다. 놀라는 정원군과는 달리 인빈은 태연하게 들어 올리려던 찻잔을 도로 내려놓으며 물었다.

"여기가 어디인지 잊으신 것입니까, 신성군."

그러나 신성군은 씩씩거리며 인빈의 가까이에 바싹 주저앉았다. 그리고는 한 손으로 정원군을 가리키며 인빈을 향해 소리쳤다.

"왜 부야입니까? 소자가 분명 병판대감의 여식은 소자의 첩으로 들이겠다 하지 않았사옵니까?!"

그러자 인빈이 눈을 가늘게 치켜뜨며 신성군을 향해 말했다.

"모두 다 신성군을 위한 것입니다."

"무엇이 말이옵니까? 소자가 마음에 둔 여인을 부야와 맺어주는 것이 말이옵니까?"

"신성군."

인빈이 조금은 타이르는 듯한 목소리로 신성군을 불렀다.

"신성군은 아직 어려 잘 모릅니다. 전하도 이 어미도 모두 신성군을 위해 그리한 것이에요."

"소자는…… 소자는 이해할 수 없사옵니다! 어서 이 혼사를 물러주십시오, 어머님!"

"그것은 절대 안 될 일입니다."

인빈이 딱 잘라 거절하며 목소리를 차갑게 바꾸었다.

"어머님!"

"신성군. 신성군은 지금 혼인을 치른 지 얼마 되지 않았어요. 그것도 전 평안도절도사 한성부판윤 신립의 여식과 말입니다. 신성군의 장인 신립이 지난날 북방의 야인들과 왜적들을 물리친 공로로 백성들로부터 얼마나 많은 인망을 얻었는지 아십니까? 신성군은 그를 장인으로 삼아 그 덕을 볼 수 있게 되었지요. 어디 이뿐입니까? 신립의 친족들

62

은 모두 당상관이지요. 이들은 모두 훗날 신성군이 큰일을 할 때 든든한 힘이 되어줄 것입니다. 정녕 이를 모르십니까? 그런데도 병판대감의 여식을 첩으로 들여 보세요. 여인 하나 잘못 들여 집안을 망친다는 말이 딱 들어맞게 될 겁니다. 더욱이 새아기와 병판의 여식은 사촌간입니다. 혼인으로 얽힌 이들 집안을 원수지간으로 만들 셈입니까?"

인빈의 말은 어디로 보나 옳은 말이었다.

신성군의 장인인 신립의 여동생은 병조참판 구사맹의 두 번째 부인이 되어 연지를 낳았다. 그러므로 인빈의 말대로 신성군의 부인 신 씨와 연지는 서로 사촌간이었다. 연지가 정원군과 혼인한다면 신성군은 힘이 되어줄 또 다른 세력을 얻음과 동시에 외척간의 결속력을 다질 수 있다. 하지만 연지가 신성군의 첩이 된다면? 상황은 정반대가 되어버린다.

애초에 신립이 신성군을 사위로 받아들인 것도 그가 유력한 세자 후보이기 때문이었다. 그런데 아직 신성군과 신 씨 사이에는 아이가 없다. 이런 상황에서 첩이 된 연지가 먼저 신성군의 아들이라도 낳게 된다면? 신성군이 훗날 세자가 된다고 가정할 때, 그 아이는 차기 조선 국왕의 장자가 되는 것이다. 비록 그 아이가 서자라고 하더라도 장자로서의 권한은 그만큼 막강한 것이다. 그럴 경우 신립의 가문과 구사맹의 가문이 인척에서 원수지간이 될 것은 불 보듯 뻔했다. 그러니 인빈에게는 연지를 정원군과 맺어주어 신성군에게 힘을 더 실어주는 것이 여러모로 좋은 일이었다.

"어찌 일어나지도 않은 일로 소자의 간절한 청을 거절하시려는 것이옵니까?"

제 뜻이 인빈에게 전혀 먹히지 않는다는 걸 깨달은 신성군이 울먹이기 시작했다. 그러나 어린 시절부터 신성군이 원하는 것이라면 무엇이든 들어주던 인빈도 이번에는 신성군의 청을 단호하게 거절했다. 그것이 신성군을 위한 길이라고 생각하기 때문이었다. 그러나 아직 어린 신성군에게는 그저 원하는 것을 얻지 못하는 분통 터지는 상황일 뿐이었다.

"안 되는 것은 안 되는 것입니다. 전하의 뜻도 이 어미와 같을 것이니, 괜히 끝난 일로 전하의 심기를 어지럽히려 해서는 아니 될 것입니다. 그러니 그만 퇴궐하세요. 또한 앞으로 이유 없이 궐에서 묵는 것도 허락하지 않겠습니다. 사가에서 새아기가 기다리고 있지 않습니까?"

양화당을 나온 신성군은 나인들이 보는 데도 아랑곳없이 눈물을 훔쳐냈다. 하지만 아무리 닦아도 속상함에 터진 눈물은 쉽사리 그치려 하지 않았다. 정원군은 그 곁에서 무슨 말을 꺼내야 할지 몰라 안절부절못했다.

인빈의 단호한 태도를 보자니, 자신이 이 혼사를 물러달라고 청하더라도 전혀 먹혀들 것 같지가 않았다. 그건 그렇다 치더라도 지금 자신과 혼사를 올리게 될 병판대감의 여식이 다름 아닌 형 신성군이 마음에 둔 처자였다니. 이를 또 어찌한담!

"저……. 형님……."

정원군이 어렵사리 신성군을 불렀다. 그러나 잔뜩 붉어진 눈으로 정원군을 한 번 노려본 신성군은 몸을 홱 돌려 자리를 떠났다. 홀로 남은 정원군은 무겁게 침을 삼키며 힘없이 고개를 숙였다.

　1592년 겨울 의주 행재소.

　깊은 밤이었다. 피난 중인 상황이라지만 쓰이지 않던 초가에 마련된 신성군의 빈소는 초라하기 그지없었다. 두 사람이 겨우 앉을 만큼 좁은 빈소에는 법도대로 자리를 지켜야 할 내관과 상궁들도 자리하지 못하고, 오로지 정원군만이 자리를 지키고 있었다. 정원군이 신성군의 위패를 올려다보며 흐느끼는 소리가 문 밖으로 흘러나갔다.

　정원군에게 있어 신성군의 존재는 특별했다. 일찍이 중종대왕의 서자 복성군의 양자가 되어 출궁한 뒤 왕래가 없던 첫째 형 의안군과는 다르게, 신성군은 혼인 후 궐 밖으로 나가서도 정원군을 챙겨주던 이였다. 또한 부왕 선조의 총애를 독차지한 신성군은 언제나 활기차고 당당했다. 정원군은 늘 그런 신성군을 닮고 싶어 했다. 그랬으니 신성군의 죽음은 그 자체만으로도 정원군에게 큰 충격이었다.

　활기차던 신성군이 어느 날부터인가 의젓하다는 칭찬을 많이 듣기 시작했다. 그것은 바로 정원군과 구연지의 혼인이 있은 다음부터였다. 그때도 어렸고 지금도 어린 정원군은 그런 신성군의 눈에 띄는 변화의 연유를 알 수가 없었다. 그저 다른 사람들이 말하는 대로 신성군이 세자의 자리에 어울리도록 의젓해졌다고만 믿어왔다.

　'연지야…….'

그러나 신성군은 생의 마지막 순간, 마음속에 담아왔지만 줄곧 입밖으로 낼 수 없었던 여인의 이름을 불렀다. 이렇게 그의 입을 통해 그가 2년간이나 숨겨왔던 마음이 드러나는 순간, 정원군 안에는 어린 나이로 감당하기 힘든 죄책감이 자리 잡았다. 이 죄책감은 신성군의 죽음으로 영원히 갚을 수도 풀 수도 없는 것이 되어버렸다.

"흐으윽……. 형님……."

끼이이익.

낡은 초가의 방문이 열리는 소리에 정원군은 서둘러 눈물을 훔쳐내고는 고개를 돌렸다. 그곳에는 다홍색 철릭(帖裡, 무관이 입던 공복)을 입은 세자 광해군이 서 있었다. 분명 분조를 이끌고 의주를 떠난 것으로 알고 있던 이복형 광해군의 등장에 정원군이 급히 자리에서 일어나 예를 올렸다. 그러나 광해군은 예를 중지시키고는 신성군의 위패 앞에 섰다. 그는 믿기지 않는다는 얼굴로 신성군의 신위를 한참이나 살피더니 정원군을 돌아보았다.

"네가 끝까지 신성군의 곁을 함께했다고 들었다. 상심이 크겠구나."

"아닙니다. 세자저하."

"둘만 있을 때는 편히 부르거라."

"황공하옵니다. 저하."

평소 정원군의 예의바른 성품을 알고 있는지 광해군은 애써 섭섭한 표정으로 돌아서서 나가려고 했다. 그러다 갑자기 무언가 떠올랐는지, 그대로 좁은 빈소에 자리를 잡고 앉았다. 정원군이 의아한 표정을 짓자, 광해군은 한 손을 들어 정원군에게 앉으라고 손짓했다.

정원군이 천천히 광해군과 좁은 빈소 안에서 마주 앉았다. 그러자 광해군은 긴 한숨을 내쉬며 이야기를 시작했다.

"다른 이들은 믿지 않을 것 같아…… 아직까지 그 누구에게도 하지 않은 이야기가 있다."

뜬금없는 광해군의 말에 정원군이 눈을 깜빡이며 고개를 들었다.

"왠지 너라면 믿어줄 것 같구나. 들어주련?"

차가운 냉기를 머금은 조선의 서쪽 최북단, 의주에서 밤이 깊어가고 있었다.

그날 처음으로 정원군은 상상하기도 어려운 어떤 나라와, 바람과 함께 사라진 한 여인에 대한 이야기를 듣게 되었다. 어머니 대로부터 이어져 내려온 악연으로 서로 의를 나누기가 어려웠던 두 형제였다. 그들이 하나의 연결고리를 갖게 되었던 것은 바로 이날 광해군이 털어놓은 한 이야기로부터 시작된 것이었다.

그리고 이날은 만난 적도 없는 경민이라는 한 여인이, 자신도 모르는 사이 처음으로 정원군의 마음 안에 새겨진 순간이기도 했다.

1596년 봄 황해도 해주.

아직 왜란이 끝나지 않아 모든 왕자와 그 식솔들은 황해도 해주 관사 주변에 모여 지내고 있었다. 정원군과 그의 부인 연지 역시 이곳에 있었다.

몇 달 전 연지는 아들을 낳았다.

"으아아앙."

태어난 뒤로 한 번도 어머니의 품에 안겨본 적이 없는 어린아이는 유모의 품에서 칭얼대기를 그치지 않았다. 인상을 잔뜩 찌푸린 채 신경질적인 시선으로 아이를 노려보던 연지가 입을 열었다.

"아이가 그리 울면 대감의 귀에도 들리지 않겠는가? 어서 조용히 시키게."

"하오나 군부인마님. 어린 아기씨께서 우시는 것은 당연한지라……."

"지금 내 말에 토를 다는 것인가?"

"아, 아니옵니다. 어휴, 아기씨. 어서 울음을 그치셔야지요……."

유모는 어린아이를 품에 안고 어쩔 줄을 몰라 했다. 결국 참다못한 연지는 자리를 박차고 내당을 나왔다.

왕자들에게 배정된 해주의 관사는 매우 작았다. 외당으로 쓰이는 바깥채와 내당으로 쓰이는 안채뿐, 하인들이 묵는 숙소마저 관사 밖에 마련될 정도였다. 힘들고 불편하기가 이만저만이 아니었다. 식량도 충분하지 않았고, 역병이 도는 일도 빈번했다. 이런 가운데 그녀가 건강한 아이를 낳은 것은 기적이라고 다들 말했다.

선조의 첫 손자. 그러나 연지는 기뻐할 수가 없었다. 그녀가 바란 것은 딸이었다. 어디에 내놓아도 쓸모가 없다는 딸이, 그녀는 그토록 낳고 싶었다.

내당을 나선 그녀의 시선이 정원군이 머무는 불 켜진 외당을 향했다.

지금으로부터 1년 전, 의주에서 선조와 함께 머물던 인빈이 자신의 지밀상궁인 정 상궁을 해주로 보내왔다. 이유는 하나였다. 혼인 이후 단 한 번도 치러진 적이 없던 정원군과 연지의 합방을 준비시키기 위해서였다.

인빈이 이처럼 정원군과 연지의 합방에 신경 쓰기 시작한 것은 의주로 들려온 한 소식 때문이었다. 분조를 이끄느라 전국 팔도를 돌아다니던 세자 광해군이 해주에 있던 부인 유 씨를 찾아가 며칠을 머물렀다는 소식이었다.

신성군의 죽음으로 몇 년간 큰 상심에 빠져있던 인빈의 머리가 비상하게 움직였다. 그녀에게는 아직 정원군이 남아있었다. 오래전 신성군을 차기 세자 후보로서 차근차근 준비시켜오던 그녀는 이제 정원군을 세자로 만들기 위한 준비를 시작했다. 그 과정에 선조의 첫 손자가 세자 광해군의 소생이 되어서는 안 된다고 생각한 인빈은 서둘러 정원군과 연지의 합방을 추진했다.

그렇게 마련된 첫 합방 날.

두근거림을 가득 안고 정원군과 마주한 연지는 아무 말 없이 계속해서 못하는 술만 들이키는 정원군을 향해 의문을 품었다. 이윽고 술에 잔뜩 취한 정원군의 입에서는 그가 오래도록 그녀를 가까이 하지 않은 이유가 흘러나왔다.

"나의 형님이신 신성군께서는…… 그대를 아주 오래도록 마음에 품으셨소. 난 형님의 그런 마음을 알면서도 그대를 내자로 맞이하라는 아바마마와 어머님의 뜻을 거역하지 못하였지."

몇 년 전 세상을 떠난 신성군이 오래도록 자신을 마음에 품었다는 사실은 연지에겐 매우 놀라운 일이 아닐 수 없었다. 그러나 그보다도 더 큰 충격은 바로 그 사실을 지아비인 정원군의 입에서 들었다는 것이었다.

그제야 연지는 오래도록 정원군이 자신을 피하고 눈도 마주치려 하지 않았던 이유를 알 수 있었다. 신성군은 죽었다. 그러나 그가 죽음으로써 모든 것은 끝이 난 것이 아니라 답을 얻을 수 없는 미궁 속으로 빠져버렸다.

"미안하오. 난…… 형님이 세상을 떠나신 그날 이후로…… 단 한 번도 그대를 나의 내자로 여긴 적이 없소."

하늘이 무너지는 듯한 고통이 연지의 몸을 휘감았다. 혼인 이후 정원군의 곁을 지키며 그의 성품을 그 누구보다도 잘 알고 있던 연지였다. 그가 자신을 아내로 여기지 않겠다 마음먹었다면, 평생토록 그리할 것임을 잘 알았다.

'허나 소첩의 마음은 대감을 처음 뵈온 그날부터 오로지 대감만을 담고 있었단 말입니다.'

술을 끊임없이 들이켜는 정원군을 앞에 두고 연지는 이 말을 수도 없이 내뱉으려 곱씹고 곱씹었다.

"미안하오."

미안하다는 말을 계속하던 정원군이 결국 연지를 놔둔 채 자리에서 일어섰을 때였다. 연지는 마음속으로 수도 없이 반복하던 말을 꼭꼭 누른 채 대신 이렇게 말했다.

"대를 잇는 것은 효의 근본입니다. 또한……."

연지는 눈물을 참는 것이 너무나도 힘들었다. 그러나 눈물을 흘리는 모습을 절대 정원군에게 보이고 싶지 않았다. 그런 모습을 보일 바에야 차라리 자신의 손으로 두 눈을 파내는 게 나을 만큼 그녀는 마지막 자존심을 지키고 싶었다.

연지는 목소리가 울음소리로 변하려는 것을 힘들게 참아가며 말을 이어나갔다.

"아들이 하나만 있다면…… 대감께서 더 이상 죄스럽게 소첩의 얼굴을 마주하실 일도…… 없으시겠지요……."

연지의 말이 끝나자 곧바로 침묵이 찾아왔다. 그 침묵 속에서 연지는 생각했다. 이대로 정원군이 자리를 떠난다면 그대로 그와의 부부의 연은 끝이라고 말이다. 그러나 그렇지 않다면 자신에게는 아직 기회가 남아있다고, 그의 마음을 돌릴 수 있는 마지막 한 가닥의 실낱같은 희망이 남아있다고 생각했다.

나가려던 정원군이 무언가 결심한 듯 돌아서 앉았다. 그는 방안을 훤히 밝히고 있던 촛불을 껐다. 둘만 있는 내당에 어둠이 찾아왔다. 그렇게 연지는 오래도록 마음에 품어왔던 사내의 여인이 되었다.

부부의 연은 하늘이 정하는 것이라 믿어 의심치 않았던 연지였다. 그러나 그녀의 지아비에게는 아니었다. 하늘이 맺어주어 그녀의 지아비가 된 정원군에게, 그녀와의 부부의 인연은 끔찍하리만치 괴로운 일일 뿐이었다.

마음에 품은 이에게서 외면받는 것도 모자라 자신이 그에게 고통을 주는 존재라는 것을 인정하고 받아들여야 했던 연지의 몸속에 소중한 생명이 자리 잡았다. 열 달이라는 시간 속에서 연지는 여자아이가 태어나기만을 간절히 바랐다.

그러나 아이는 그녀의 기대를 처참히 무너뜨리고 사내아이로 태어
났다. 연지는 생사를 넘나들며 자신의 몸속에서 비집고 나온 그 아이
에게 어미로서 따스한 눈길을 주는 것이 어려웠다. 정원군의 따스한
눈길을 단 한 번도 받아본 적이 없는 그녀에게는, 어린 아들도 그녀와
마찬가지로 따스한 눈길을 받아서는 안 되는 존재처럼 생각되었다. 지
아비에게 사랑받지 못하는 데 대한 원망이…… 어리고 죄 없는 아이
에게 표출되고 말았던 것일까?

아이가 태어나고 수개월이 흐른 어느 날 밤, 연지는 처음으로 외당
을 찾았다. 여전히 자신에게 따스한 눈길은 고사하고 차가운 눈길조차
보내지 않는 정원군과 마주한 채, 연지는 어렵사리 입을 열었다.

"천윤이 대감의 대를 이을 겁니다. 허나 먼저 세상을 뜨신 의안군과
신성군…… 두 분 마마의 대를 이으려면 대감의 소생이 둘은 더 필요
하지 않겠습니까."

"나가 보시오."

예상했음에도 싸늘하게 돌아오는 정원군의 한마디가 그녀의 가슴
에 깊은 상처를 내며 박혀들었다. 그러나 연지는 이대로 굽히지 않았
다. 이미 정원군과 그녀 사이의 골은 더이상 깊어질 것도 없을 만큼 깊
어진 뒤였다. 그렇다면 어떻게 해서든지 지아비의 마음을 돌리고만 싶
었다.

"소첩도 몸이 풀린 듯하니 상궁에게 말하여 다음 합방 일자를……"

"나가라 하지 않았소."

정원군은 여전히 연지에게 눈길을 주고 있지 않았다. 상대를 바라보고 있는 건 언제나 구연지, 그녀뿐이었다. 연지는 어느새 익숙해져버린 정원군과의 침묵 속에서 조용히 일어서며 말했다.

"소첩은 그리 알고 물러가겠습니다."

정원군에게서는 아무런 답이 돌아오지 않았다.

대화 내용으로만 보자면 그녀가 주도권을 잡은 듯한 결말이었다. 그럼에도 승리의 기쁨 따위는 그녀에게 남아있지 않았다.

문을 열고 밖으로 나오자 잠시나마 봄을 잊게 하는 냉한 밤바람이 그녀를 맞았다. 바람은 결코 정원군처럼 그녀를 회피하지 않았다. 바람은 자신이 가진 차가움으로 그녀를 맞이하며 안아주고 있었다. 그녀는 그 바람이 준 선물에 쏟아지려는 눈물을 흘려보내려 애꿎은 입술만 깨물었다.

무엇이 잘못된 것일까? 어디서부터 이 실타래가 복잡하게 엉켜버리고 말았던 것일까?

연지는 밤하늘을 올려다보았다. 구름 한 점 보이지 않는 하늘에는 반짝이는 별들만 가득했다. 그녀는 그 별들을 올려다보며 스스로에게 다짐하듯 속으로 되뇌었다.

'소첩은 죽어도 대감의 부인입니다. 하늘이 정하고 하늘이 맺어준 대감의 조강지처란 말입니다.'

그러나 이 다짐은, 정원군과의 첫 합방날에 입 안에만 맴돈 채 끝내 내뱉지 못했던 고백처럼 그녀의 마음 깊숙한 곳으로 묻히고 말았다.

정원군과 구 씨 사이의 차남인 능원군 이보가 태어난 것은 능양군 이종이 태어나고 2년 뒤인 1598년이었다. 그리고 그 다음해 능창군 이전이 태어났다. 후에 능원군 이보는 정원군의 큰형이었던 의안군의 양자로 보내졌으며, 능창군 이전은 신성군 이후의 양자가 되어 그의 가계를 이었다.

〈가라고 가랑비, 있으라고 이슬비〉 마침.

운영 이야기

그녀가 나에게 인사를 다시 올렸다.
"소인은 이 처소 소속의 무수리입니다. 앞으로 항아님을 곁에서 모시게 되었어요."
"반가워요. 이름이 뭐예요?"
"운영예요."

죽도 천반산.

한성을 떠나온 지 열흘이 넘는 시간이 흘렀다. 운영은 두 아들인 종현, 종민과 함께 수려한 풍광을 자랑하는 천반산 중턱에 자리한 한 동굴 앞에 섰다.

한낮인데도 동굴 안은 캄캄하고 아무것도 보이지 않았다. 이처럼 빛조차 들지 않는 동굴로 아들들과 함께 찾아온 연유가 무엇일까?

운영은 동굴을 무심히 바라보는 동안, 두 아들은 챙겨온 음식으로 조촐한 상을 차렸다. 그리고 그 상의 가장 앞쪽에는 한 위패가 놓였다.

정여립(鄭汝立).

위패에 새겨진 이름을 본 운영의 눈에 눈물이 고이기 시작했다. 운영은 곧 동굴 안쪽을 바라보며 두 손을 가지런히 모아 들어 올리고는 절을 올렸다. 뒤를 따라 두 아들도 동굴 안쪽을 향해 절했다.

절을 마친 운영은 천천히 동굴 안으로 들어섰다.

얼마나 걸어 들어갔을까? 운영은 어느 곳에서 걸음을 멈췄다. 고여 있던 눈물이 뺨을 타고 흘러내리기 시작했다.

운영은 입을 열었다.

"아버님, 운영이가 왔습니다."

지금으로부터 이십여 년 전.

이 동굴 안에서는 비극적인 사건이 있었다.

"어서 네 누이를 데리고 도망치라 하지 않느냐!"

정여립.

그의 쩌렁쩌렁한 목소리가 동굴 안을 울리고, 그 발아래에 무릎을 꿇고 엎드린 아들 옥남과 딸 운영은 소리 내어 울고만 있었다.

"어서 가거라! 관군이 도달하기까지 얼마 남지 않았다!"

"그럴 순 없습니다! 아버님, 어찌 소자에게 아버님을 홀로 두고 가라 하십니까?"

눈물로 범벅이 된 얼굴을 한 옥남이 울부짖는다. 그 옆에서 올해 열세 살의 딸 운영 역시 정여립의 다리에 매달린 채 울부짖었다.

"안 가요! 저도 안 갈 거예요. 같이 가요! 같이 가요, 아버님!"

"어리석은 것들! 옥남아, 네가 살고 운영이 살아야 내 억울함을 풀어 주지 않겠느냐?"

하지만 어린 두 자녀도 그들이 떠나면 그가 목숨을 끊을 것이라는 걸 알고 있었다.

"아버님! 소자는 결코 아버님의 곁을 떠나지 않을 것입니다! 끝까지 아버님과 함께하겠습니다!"

옥남의 각오를 들은 정여립은 눈을 무겁게 감았다.

한참 뒤, 눈을 뜬 그가 어린 운영을 번쩍 안아들더니 동굴 밖에서 초조하게 서 있던 하인의 등 위에 엎어주며 소리쳤다.

"반드시 이 아이를 살려야 한다!"

"예, 주인마님!"

"싫어요! 안 갈 거예요, 전 안 갈 거예요!"

운영이 울부짖고 있었다. 그러나 운영을 등에 업은 하인은 재빠른 속도로 반대편 산으로 향하는 능선으로 달리기 시작했다.

그 반대편 능선으로 관군 수백 명이 산을 오르고 있었다. 관군들은 오로지 정여립과 그 일가를 붙잡는 데 혈안이 되어있었다. 살아서 포박하라는 어명이 있었지만, 목만 가져오더라도 상당한 보상을 받을 것임은 기정사실이었다.

정여립 역시 그 사실을 누구보다도 잘 알았다. 그러니 이곳에서 함께 죽지 않는다면 어떤 치욕을 당하게 될지 상상조차 하길 원치 않았다.

딸 운영이 하인의 등에 업혀 멀어지자 그는 손에 든 검집을 바라보았다. 그것은 아주 잠시였다. 그는 곧 검집에서 검을 뽑아 들었다. 그리고는 조금의 망설임도 없이 그 검을 자신의 목으로 가져갔다.

"아버님!"

아들 옥남의 비명 소리가 메아리처럼 천반산을 뒤덮었다.

운영을 업고 달리던 하인이 잠시 걸음을 멈춘 것도 그 때문이었다. 하인의 등 위에서 울던 운영은 눈을 크게 뜨고 동굴 방향을 응시했다. 그러나 정여립의 모습은 보이지 않았다.

그로부터 3년 전, 화창한 여름날.

전주에서 손꼽히는 명문가인 정여립의 본가는, 인근에서 대갓집이라고 하면 모두 정여립의 집을 가리키는 말임을 단번에 알아들을 정도로 대저택이었다. 이곳에서 태어나 이곳에서 자란 운영에게도 집은 너무나 컸고, 놀기 좋은 장소도 많았다.

"옥남 오라버니, 어디 숨었어?"

숨바꼭질 중에 숨은 옥남을 찾지 못해 운영은 사랑방이 있는 바깥채까지 나왔다. 한성에서 관직을 내어놓고 전주로 돌아온 이래, 정여립의 저택에는 하루가 멀다 하고 많은 손님들이 들락거렸다. 이러다보니 정여립은 운영에게 안채 밖으로 나오는 것을 허락하지 않았다. 자고로 여인이란 시집을 갈 때까지는 결코 안채 밖을 나서서는 안 된다는 규범을 강조하며 말이다.

그러나 이 대저택에서 운영이 가장 좋아하는 곳은 다름 아닌 사랑방 앞마당이었다. 이 마당에는 그녀의 조부 정희중이 심은 배롱나무가 수십 그루 서 있었다.

때는 한여름. 철을 맞아 배롱나무에 예쁜 분홍 빛깔의 꽃들이 만개했다. 앞마당으로 나온 운영은 옥남을 찾는 것도 잊은 채 배롱나무 꽃에 취해 마냥 웃으며 나무들 사이를 뛰어다니기 시작했다.

"어이쿠!"

어느 순간 운영은 누군가와 부딪쳤다. 풍채 좋은 사내였다. 어린 운영은 그대로 엉덩방아를 찧으며 나무 아래에 주저앉았다.

배롱나무를 등진 사내가 넘어진 운영에게로 손을 내밀었다.

"꽃을 구경하러 나왔더니, 꽃만 있는 것이 아니로구나."

운영은 그 낯선 이의 손을 잡아야 할지 말아야 할지를 고민했다. 지금껏 집 안에서만 자란 운영에게 친족 이외의 낯선 사내를 만나는 것은 처음이었기 때문이다. 뒤늦게 그 사내도 내민 손을 잡지 않는 운영을 살피다가 놀라 손을 거둬들였다. 처음에 어린 계집종이라 여기었는데, 옷차림으로 보니 그렇지 않았기 때문이었다.

"요 녀석."

운영의 뒤에서 누군가 두 손으로 그녀를 번쩍 들어 일으켜세웠다. 바로 정여립이었다.

"아버님."

"누가 바깥채에 나오라고 하였느냐?"

"그것이……."

꾸짖는 듯한 정여립의 말투에 운영의 목소리가 작아졌을 때였다. 그 사내가 입을 열었다.

"아니, 이 아이가 대감의 여식입니까?"

"그러네. 내 하나뿐인 여식이네. 귀하게 길렀더니 버릇이 없어 자네에게 무례를 범했나 보군."

"아닙니다. 무례라니요. 마당의 꽃을 구경하려다 영감께서 꼭꼭 숨겨두신 꽃을 발견하였는데, 이를 어찌 무례라 말할 수 있겠습니까?"

여자아이이기에 드러내놓고 키울 수 없었지만, 정여립 역시 나날이 예뻐지는 운영을 자랑하고 싶은 마음이 있었던 모양이다. 칭찬에 기분 좋은 표정을 감추지 못했다.

"아직 어린아이네. 어찌 꽃에 비유하겠는가? 봉오리라면 모를까."

"봉오리라. 봉오리를 보면 그 꽃이 어찌 필지 기대하는 마음을 가지게 되지요. 오늘 그 봉오리를 보았으니 훗날 어떤 꽃이 될지 기대됩니다. 무엇보다 곧 혼사를 치를 나이 같은데, 시집보내기 매우 아쉬우시겠습니다."

"안 그래도 좋은 혼처를 알아보는 중이었네. 아쉽지만, 여인이란 나이가 차면 부모를 떠나야 하는 것이 예법이 아니겠는가. 여하튼 농은 이쯤 하세. 운영아, 넌 그만 안채로 돌아가거라. 이 일에 대해서는 나중에 따로 엄히 꾸짖을 것이야."

"예. 아버님……."

나중에 혼난다는 말에 운영의 목소리가 기어들어간다.

"백사(白沙), 그만 들어가세."

정여립이 앞서서 사랑채로 걸어가고, 백사라 불린 사내가 그의 뒤를 따랐다. 사랑채로 들어서기 전, 사내는 뒤를 돌아 다시 한 번 운영을 쳐다보았다. 아직 배롱나무 옆에 서 있는 운영과 눈이 마주치자 그 사내는 시원스런 미소를 운영에게 보냈다. 운영은 꾸지람을 듣게 될 것이라는 아버지의 예고도 잊은 채 아이다운 환한 미소로 그에게 화답했다.

오랫동안 정신을 잃었던 운영이 깨어난 곳은 바로 옥사 안이었다. 여러 사람들이 뒤섞여 좁은 옥사 안에 갇혀 있다 보니 온통 오물 냄새가 진동하고 있었다.

"쉿."

곁에 있던 유모가 조용히 하라는 듯 서둘러 손가락을 입가에 가져다 대었다. 그러나 운영은 가만히 입을 다물고 있을 수만은 없었다.

"아버님은? 오라버니들은?"

"쉿. 소리를 내시면 안 되어요."

그러자 옆에 앉아있던 한 여인이 코웃음을 치며 목소리를 높였다.

"왜? 우리도 언제 죽을지 모르는 마당에 '어린 아기씨가 여기 있다!'고 말하고 살길이나 찾아보지."

그러자 다른 여인이 그 여인을 향해 말한다.

"이년이! 조용히 못 혀? 어린 아기씨가 불쌍하지도 안혀?"

"불쌍? 주인 잘못 만난 우리는 안 불쌍하고? 주인 나리가 한성에서 낙향할 때 전주로 따라온 내가 미친년이지."

"그 입 처 다물어. 한 번만 더 입을 놀릴껭 확 옥에서 죽여뿔 테니."

"죽여봐! 죽여보라고! 나리도 죽고 도련님도 죽은 마당에 우리도 다 죽어버리자고. 한성 땅은 밟아본 적도 없는 니들은 몰라. 한성에서 역모와 엮인 집안 노비들이 어찌 되는지 내가 한두 번 본 줄 알아?"

옥사 안이 시끄러워지자 밖에 있던 포졸들이 안으로 뛰어 들어왔다. 그들은 옥사의 문을 열고 들어오더니 닥치는 대로 여인들을 구타하며 머리를 잡아 뜯었다. 여인들의 비명이 울려 퍼지는 가운데 운영은 유모의 품에서 바들바들 떨며 울음마저 삼켜야 했다. 그때, 무자비하게 몽둥이질을 당하던 한 여인이 운영 쪽을 가리키며 소리쳤다.

"여기 주인 나리의 아기씨가 있어요! 아기씨가 여기에 있다고요!"

그녀의 말을 들은 포졸의 날카로운 시선이 운영을 향했다.

"어허, 말해보라 하지 않느냐. 네가 누구인지 말거라. 어서!"

밖으로 끌려나온 운영은 매서운 눈을 한 세 명의 관리 앞에 꿇어앉혀졌다. 그들은 어린 운영을 윽박지르며 그녀가 누구인지 스스로 말하기를 강요했다. 그러나 운영은 당장 경기라도 일으킬 듯 몸을 심하게 떨 뿐이었다.

그 앞에서 관리들은 심각한 표정으로 말을 주고받았다.

"정여립의 여식은 천반산에서 추락해 죽었다 하지 않습니까?"

"허나 아직 시신이 발견되지 않았다 하오."

"천것들이 하는 말만 믿을 수는 없지요. 어떻게든 살아나려 어린아이에게 죄를 뒤집어씌우려는 것이 아니겠습니까?"

"허나 정여립의 여식이 맞다면 살려둘 순 없는 일이오."

"이번 일로 정여립의 삼족까지 모두 살아남지 못할 것입니다. 이 아이가 정여립의 여식이라면 결코 살려두어서는 안 됩니다."

"정옥남을 처리한 일처럼 고문을 가합시다. 고문을 한다면 실토하겠지요. 실토하지 않더라도 고문 중에 죽으면 그리 죽었다 조정에 보고할 수 있지 않겠습니까?"

"그럽시다."

어린 운영에게 잔인한 고문을 가하기로 결정한 그들은 운영을 형벌을 가하는 의자에 앉혔다. 아직 아이인 운영에겐 의자가 너무 커서 여러 번 묶어야 했는데, 너무 단단하게 묶어 피가 제대로 통하지 않았다. 일부러 그런 것일까? 갑갑한 아픔 속에서 점점 운영의 얼굴에 핏기가 사라져갔다. 곧이어 운영의 무릎에 무거운 돌들이 올려졌다. 그러자 원인 모를 두통이 그녀의 머리를 쪼개듯이 압박해오기 시작했다.

"이실직고하렷다!"

사실을 말한다면 죽는다.

그러나 그 사실이 대체 무엇일까?

운영의 기억 속에 배롱나무 아래를 뛰어놀던 자신과 오라버니들의 모습이 떠올랐다. 그럴수록 두통이 심해지고 의식이 점점 멀어져갔다. 애초부터 그녀의 앞에 있는 이들은 이런 식으로 하면 곧 운영이 죽을 것이란 걸 알고 있는 것 같았다. 이렇게 그녀가 죽기만을 기다리며 시간이 흘러가고 있었다.

"예조정랑 아니시오?"

세 관리 중 한 사람이 누군가를 발견하고 입을 열어 물었다. 한 남자가 이쪽으로 다가오고 있었다.

"예조정랑이 무슨 일로 이곳에 오시었소?"

서로 얼굴을 잘 알고 지내는 사이인 것 같았지만, 이곳이 반갑게 인사할 만한 장소는 분명 아니었다. 더욱이 어린 여자아이가 고문을 받고 있었다. 예조정랑도 그것을 의식했는지 일부러 아이 쪽은 쳐다보지 않은 채 말했다.

"예조판서 대감의 명으로 우상대감께 전할 것이 있어 온 것이옵니다."

그러자 세 관리 중 가운데에 앉아있던 사람이 자리에서 일어섰다. 그가 바로 예조정랑이 찾던 우의정 정철이었던 것이다.

정철은 예조정랑이 건네는 글을 받아 들고는 다시 자리에 앉아 그것을 읽기 시작했다. 그 사이 예조정랑의 시선이 어린 운영을 향했다.

"저 어린아이에게 행해지는 고문이 가혹하군요. 저 아이가 대체 누구입니까?"

"정여립의 여식으로 추측되는 아이네."

우의정에 옆에 앉아있던 관리가 말했다. 그 순간 예조정랑이 놀란 목소리로 급히 입을 열었다.

"저 아이는 역도 정여립의 여식이 아닙니다!"

그러자 글을 읽던 우의정이 고개를 들어 예조정랑을 바라보았다. 그것은 의식을 잃어가던 운영도 마찬가지였다. 운영은 멀어지는 의식을 가다듬으며 시선을 들어 예조정랑을 쳐다보았다. 그러나 안개에 가린 듯 눈앞이 뿌옇게 되어있어 그의 얼굴을 확실히 보기가 어려웠다.

우의정이 예조정랑을 향해 다급히 되물었다.

"백사, 그것이 사실인가?"

'백사?'

'백사, 그만 들어가세.'

배롱나무 아래에서 보았던 풍채 좋은 사내의 얼굴이 떠오르는 순간,

운영의 눈에 힘이 들어가며 예조정랑의 모습이 뚜렷하게 보였다. 그는 분명 그때 부친을 찾아왔던 사람이었다.

"오래전 우연히 정여립의 여식을 본 일이 있사옵니다. 단 한 번뿐이었으나 분명히 기억합니다. 저 계집아이는 정여립의 여식이 아닙니다."

확언하는 그의 목소리를 들으며 운영은 정신을 잃었다.

그날 밤이었다. 고문의 후유증으로 열이 오른 운영은 옥사 안에서 홀로 앓고 있었다. 그런 운영에게 어둠을 틈타 한 사내가 남몰래 찾아왔다. 그는 낮에 운영이 정여립의 여식이 아니라고 증언한 예조정랑, 백사 이항복이었다.

이항복은 처음 만났을 때와 다르게 바짝 말라버린 그녀를 안쓰러운 시선으로 쳐다보았다. 더 이상 배롱나무 옆에서 아이답게 생기발랄한 미소를 짓던 여자아이는 없었다. 가족을 모두 잃고 홀로 옥사 안에서 앓고 있는 여자아이만 남아있었다.

그는 하인이 대야에 떠온 찬물에 천을 담가 적시고는 운영의 뜨거운 이마 위에 올렸다. 그러자 반사적으로 운영의 입이 열렸다.

"아버님……."

의식을 찾진 못했지만 이항복의 손길이 무의식중에 부친 정여립을 떠올리게 한 것 같았다. 이항복이 안타까운 듯 낮은 목소리로 운영을 향해 속삭였다.

"불쌍한 것. 가족을 모두 잃고 홀로 살아남다니……. 허나 기억하거라. 너 자신을 잊어야 한다. 네가 누구였는지, 네 가족이 누구였는지를 말이다. 그래야 네가 살 수 있다. 내 말을…… 명심하거라.”

2년여의 시간이 흘렀다.

탁!

운영의 어깨에 걸쳐져 있던 끈이 풀리며, 그녀가 메고 있던 두 개의 물동이가 바닥으로 엎어졌다. 그러자 기다렸다는 듯이 누군가 그녀의 머리채를 붙잡더니 바닥으로 내던졌다. 뼈와 가죽만 남은 운영의 몸이 힘없이 쓰러지자 무자비한 발길질이 시작되었다. 발은 그녀의 머리와 얼굴을 사정없이 밟고 차기를 반복했다. 어처구니없게도 그녀에게 발길질을 하는 여인은 그녀와 같은 노비였다.

기축년에 온 가족을 잃고 노비가 된 운영은 한 반가의 사노비가 되었다. 사노비로 전락한 것이 끝이 아니었다. 그곳에서도 역적 집안 출신의 노비라는 꼬리표가 운영을 따라다녔다. 그것은 ‘재산’으로 분류된 노비들 중에서도 가장 최하층이 되었다는 것을 의미했다.

역적 집안와 관련이 있는 노비는 재산을 모으거나 공을 세워 면천을 받을 수 있는 일반 노비들과 달랐다. 어떤 식으로든 절대로 노비의 신분에서 벗어날 수가 없었던 것이다. 더불어 이들에게 온정을 베푼 주인은 언제든지 역모와 연관되었다는 혐의를 받을 수 있었기 때문에, 주인은 이들을 집에서 노비로 부리되 죽든 살든 전혀 관심을 보이지 않았다.

이런 방치 속에서 운영은 하루에 한 끼조차 제대로 먹지 못하며 고된 노동에 시달리고 있었다.

"툇. 재수 없는 계집."

쓰러져 더 이상 미동도 안 하는 운영을 향해 여종이 침을 뱉고 사라지자, 운영은 천천히 몸을 일으켰다. 드러나는 곳이든 드러나지 않는 곳이든 그녀의 피부는 모두 멍투성이었다. 운영은 새롭게 생긴 멍 자국을 보며 무표정한 얼굴로 자신의 처소로 돌아왔다.

이불 대신 짚을 엮은 거적들만 가득한 버려진 창고 같은 곳이 운영의 처소였다. 안으로 들어온 운영은 태연스러운 표정으로 문을 닫았다. 그러나 문을 닫고 나서도 그녀의 손은 문고리를 떠나지 않았다. 문고리를 붙잡은 채로 힘없이 흐느끼기 시작한 것이다.

"아버님……. 오라버니……. 흐으흑."

그녀의 부친이 알려준 대로 하늘이 공정하다면 운영은 곧 자신의 숨이 끊어져 가족들과 재회하게 될 것이라고 믿어 의심치 않았다. 그리고 그녀가 바라던 그날이 곧 찾아올 것만 같은 사건이 벌어졌다.

그녀의 나이 16세, 임진왜란이 발발한 것이다.

단 하루아침에 모든 것이 바뀌어버렸다.

그녀의 주인은 재산을 챙겨 도망가느라 바빴고, 노비들도 주인이 버리고 간 물건들을 가지고 뿔뿔이 도망쳤다. 왜군이 물밀듯이 밀고 올라온다는 소식만 매일같이 들려올 뿐, 아직까지 왜군의 모습은 보이지 않았다. 그래서인지 운영은 왜군이 쳐들어왔다는 사실도 믿을 수가 없었다. 그저 하늘이 그녀에게 죽을 기회를 주기 위해 마지막으로 잠시 자유를 허락한 것으로만 느껴졌다.

그녀는 곧장 인근 산으로 올랐다. 왜군이 온다는 소식에 개 한 마리 보이지 않을 정도로 깨끗이 비워진 마을을 내려다보며, 운영은 어린 시절 자란 전주고을의 마을을 상상했다. 마지막을 준비하기 위해서였다. 잠시라도 행복했던 어린 시절을 떠올리며 죽고 싶었던 것이다.

마침내 운영은 마을이 잘 보이는 절벽 위에 섰다.

'아버님. 오라버니. 운영이가 갑니다. 이제 다시 뵐 수 있겠지요?'

두 눈을 감은 운영은 절벽 위로 몸을 내던졌다.

그러나 그녀의 몸은 추락하지 않았다. 떨어지는 순간 누군가 그녀의 한 손을 붙잡은 것이다. 운영은 절벽에 매달려 고개를 들었다. 갓을 쓴 한 젊은 사내가 그녀의 손을 붙잡은 채 안간힘을 쓰고 있었다.

"놓아요!"

운영이 그를 향해 소리쳤다. 그러나 그는 운영의 말을 듣고서도 그저 어떻게든 운영을 위로 끌어올리기 위해 애를 쓸 뿐이었다.

다행히 상당히 마른 운영은 무겁지 않았다. 그래서 그가 한 손만으로 잡고 버틸 수 있는 것일지도 몰랐다. 그러나 문제는 다른 곳에 있었다. 운영은 살 의지가 없었다. 그녀의 마지막 남은 힘은 자신의 몸을 절벽 아래로 떨어뜨리기 위해 필사적이었다.

"놓아달라고요!"

그에게 억지로 손이 붙잡힌 운영이 또 한 번 소리쳤다. 그러자 그의 입이 열렸다.

"놓을 수 없소! 또한 절대 놓지 않을 것이오!"

그의 두 눈에는 결코 그녀를 절벽 아래로 떨어뜨리지 않겠다는 굳은 의지가 엿보였다. 그가 바로 훗날 운영의 정인이 되는 원균의 독자, 원사웅이었다.

산 속에 버려진 초가에서 갓 잡은 비둘기가 익어가고 있었다. 오랜만에 맡는 고기 냄새에 운영의 뱃속에서는 꼬르륵 소리가 절로 났다. 타닥타닥 불이 타는 소리 외에는 적막만이 흐르는 산 속에서 운영의 뱃속 소리는 곧바로 원사웅의 귀에 전달되었다. 비둘기를 굽던 원사웅이 운영을 돌아보며 피식 웃었고, 운영은 얼굴을 붉히며 인상을 썼다.

"고운 얼굴에 환갑 노파 같은 주름이 지겠소. 자, 이거 받고 좀 웃으시오."

그가 익은 비둘기 고기를 운영에게 내밀었다.

운영은 배고픔에 당장이라도 고기를 받아들고 싶었지만, 해맑게 웃는 그의 얼굴을 보니 망설여졌다. 나이대는 엇비슷해 보이나 갓을 썼으니 양반이었다. 게다가 입고 있는 푸른 도포는 관직에 있는 사람이라는 의미였다. 또 허리춤에 차고 있는 검도 묘하게 운영의 신경을 자극했다. 그가 죽으려던 자신을 억지로 구해낸 것은 사실이지만 여전히 의심스러웠다.

"먹지 않을 것이오? 그럼 버려야겠군."

그가 비둘기 고기를 던지려는 시늉을 하자, 운영이 급히 손을 내저으며 고기를 받아들었다. 운영이 고기를 먹기 시작하자 그제야 그는 빙그레 미소를 지으며 모닥불을 검집으로 헤집어 껐다. 놀란 운영이 몸을 뒤로 빼자 그가 미안한 얼굴로 말했다.

"왜군이 북상하고 있소. 산속에서 눈에 띄지 않으려면 밤새 연기를 피워둘 순 없소."

때는 봄이지만 밤은 초겨울처럼 춥다. 운영은 벌써부터 추위가 느껴지는 것 같아 손으로 어깨를 쓸다가 그에게 말했다.

"마을이 비어있어요. 그곳에 가서 불을 피운다면……."

"왜군은 마을에서 마을로 진격하고 있소. 산이 가장 안전하지."

"왜…… 모두 떠난 마을에 홀로 오신 거죠?"

그가 어둠 속에서 웃음 섞인 목소리로 대답했다.

"분조를 맡고 계신 세자저하의 명으로 각 지방의 향교에 의병을 일으키라는 명을 전하러 가는 길이었소."

그가 갑자기 자리에서 일어섰다. 그리고는 멀지 않은 곳에 매어둔 말에게로 다가가 짐에서 무언가를 꺼냈다. 그는 그것을 가져와 운영의 어깨에 덮어주었다. 담비의 가죽으로 만든 겉옷이었다.

"이 귀한 걸……."

"그것이 무엇인지 아시오?"

"알다마다요. 종친 분들이나 가질 수 있다는 담비 아닌가요?"

"맞소."

순간 운영의 머릿속을 스치고 지나가는 생각이 있었다.

"혹시……."

"아니오. 난 종친이 아니오."

"그럼 고관의 자제이신가요?"

고관이라고 하기에는 나이가 젊어서 한 추측이었다. 그는 이번에도 부정했다.

"고관은 아니지만, 대를 이어 무인 집안이기는 하오. 그 담비는 세자 저하께서 내려주신 것이오."

"세자저하께서요?"

"그렇소."

"그런 걸 저 같은 사람이 함부로 덮어서야……."

"저하께서도 추울 때 덮으라 주신 것이오. 나는 지금 춥지 않으니 그대에게 준 것이고."

세자가 중한 임무를 맡고 떠나는 이에게 추울 때 덮으라고 귀한 담비를 건네주었다는 것은 말이 되지 않는다. 이런 사실을 운영도 아는데 그가 모를까? 아니면 알면서도 모른 척하고 추위를 타는 운영에게 온정을 베푸는 것일까? 적어도 이 사내는 호탕한 성품을 가진 것임에는 틀림없었다.

그는 대신 얇은 모포를 덮고 드러누웠다. 그리고 여전히 꺼진 모닥불을 사이에 두고 앉은 운영을 보며 말을 건넸다.

"내일 아침 이 마을을 떠날 것이오. 그대도 함께 데려갈 것이니 그리 알고 일찍 쉬시오."

그러더니 그는 더 이상 아무런 말도 하지 않았다. 그러나 운영은 잠들 수 없었다. 죽기 위해 나선 산길이었다. 그런데 지금 그녀의 손에는 먹다 남은 비둘기 고기가 들려있었다.

운영은 죽어야 하는 자신이 살아서 음식을 먹고 몸을 따뜻하게 하고 있다는 사실이 견딜 수 없을 정도로 싫었다. 무엇보다 죽지 못함으로

써 그리운 가족과의 재회를 놓쳤다는 사실을 다시금 되새기며, 그녀는 다시 한 번 죽기로 마음먹었다. 이번에는 결코 실패하지 않을 것이라고 다짐하면서.

산등성이가 회색빛으로 뒤덮여가며 날이 조금씩 밝아오고 있었다.

운영은 산 속에서 뜬 눈으로 밤을 새웠다. 그녀는 여전히 깊은 잠에 빠져 있는 듯한 사웅의 몸 위로 자신이 걸치고 있던 담비를 덮어주었다. 담비에 묻어간 그녀의 온기 때문인지 잠든 사웅의 몸이 움찔거렸다. 그러나 그도 상당히 노곤했던 탓인지 깨어나지는 않았다.

운영은 조용히 그곳을 벗어나 어제 목숨을 끊으려 했던 절벽 위에 다시 섰다. 그런데 절벽 위에서 내려다보는 마을이 어제와는 달랐다. 연기로 가득 차 있었고, 연기 사이로 불꽃이 일어나는 것이 보였다. 또 어제는 전혀 보이지 않던 사람들도 돌아다니고 있었다.

'사람들이 돌아온 건가?'

그렇다면 그녀의 주인도 돌아왔을 가능성이 높았다. 그때였다. 마을에서 분주하게 움직이던 사람들이 한곳으로 모이더니 그녀가 있는 절벽 위를 응시하는 것처럼 보였다. 그리고 셀 수도 없이 많은 무언가가 그들로부터 날아오기 시작했다.

여전히 그것이 무엇인지 몰라 고개를 갸웃거리던 운영의 뒤에서 강한 힘이 그녀의 허리를 감싸 잡아채었다. 운영은 누군가와 함께 땅에 뒹굴었다.

휘이이이이이이잉!

운영의 허리를 감싸 안은 것은 다름 아닌 원사웅이었다!

그들이 바닥으로 넘어지자마자 수많은 화살들이 주변에 꽂히기 시작했다. 사웅은 운영을 끌어안은 채로 화살 비를 피해 비탈 아래로 계속해서 몸을 굴렸다.

한참 뒤, 화살 비가 그친 뒤에야 사웅은 머리를 들었다. 그리고 운영의 몸 위에서 그녀를 내려다보며 무서운 얼굴로 호통쳤다.

"얼마나 어리석은 짓을 한 것인지 알고 있소!"

또다시 죽을 기회를 잃어버렸다는 사실에 운영도 분노하며 그에게 소리쳤다.

"알아요! 왜군인가요? 왜군이겠죠! 왜 절 또 구했어요? 죽게 내버려두지!"

"그렇게 죽고 싶소?"

"예. 그래요!"

"그렇게 소원이라면 내가 죽여주겠소."

사웅이 주저 없이 두 손으로 운영의 목을 강하게 움켜잡았다. 갑자기 숨이 턱하니 막히며 운영의 동공이 커졌다. 그녀의 눈앞에 목숨을 구해주고 친절을 베풀던 은인 따위는 없었다. 그녀의 목숨을 앗아가려는 무섭고 차가운 사내의 두 눈만 있을 뿐이었다.

"커, 커억……."

운영은 그의 손을 떼어내기 위해 안간힘을 썼다. 그러나 그는 그녀를 정말로 죽이기로 작정한 듯 더욱더 세게 그녀의 목을 죄었다. 점점 숨이 막혀오며 고통스러운 순간이 이어지자, 운영의 머릿속에는 어린 시절 의금부에 묶여 고문을 받던 순간이 떠올랐다.

운영은 생각했다. 자신은 그때 죽었어야 했다고. 그때 예조정랑은 자신이 정여립의 딸이 맞다고 말했어야 했다고.

그렇게 생각하자 운영의 마음은 편해졌다. 운영은 죽음을 담담히 받아들이기로 결심한 듯 저항하던 손을 놓고는 온몸의 힘을 풀었다.

그런데 그녀가 죽겠다는 의지를 드러낸 순간, 사웅이 목을 조르던 손을 거둬들였다.

"컥!"

뒤늦게 많은 숨이 그녀의 코와 입으로 빨려 들어가자 운영은 고통스런 기침을 내뱉었다. 사웅은 그런 그녀를 두고 자리에서 일어섰다. 운영은 거친 숨을 내쉬며 그의 등 뒤에 대고 물었다.

"왜 안 죽이는 거예요?"

그러자 사웅은 그녀를 돌아보지도 않은 채 대꾸했다.

"곧 왜군이 이곳으로 올 것이오. 그러면 왜군이 그대의 바람을 들어주겠지. 허나 또 한 번 능욕을 당하고 죽느니 차라리 지금 절벽에서 스스로 뛰어내리는 것이 나을 것이오."

"또 한 번 능욕을 당하다니요?"

운영이 말뜻을 몰라 되묻자 사웅이 돌아보았다.

"지금껏 죽으려는 이유가 왜군에게 능욕을 당해서가 아니었소?"

"뭐라고요?"

"아니오?"

"아니에요! 조금 전 화살을 쏜 이들이 왜군이었지요? 전 왜군을 오늘 처음 봤는걸요."

"그럼 왜 죽으려 한 거요!"

사옹이 운영에게 화를 냈다. 운영도 자리에서 천천히 일어서며 사옹에게 소리쳤다.

"나으리는 모르세요! 전 역모사건 때문에 가족을 잃고 노비가 되었다고요. 죽어서 가족을 뒤따르려고 한 것이었는데!"

"하! 고작 그러한 이유로 죽으려 했단 말이오?"

어처구니가 없다는 사옹의 태도에 운영도 참지 못하고 소리쳤다.

"고작 그런 이유라니요? 나으리는 가족을 잃어보신 적이 없으니 그런 말을 하시겠죠. 전……!"

운영의 해명이 끝나기도 전이었다. 사옹이 그녀의 앞으로 빠르게 다가오더니 그녀의 멱살을 잡아 올렸다. 그는 큰 눈을 부릅뜨더니 운영에게 겁을 주는 듯한 태도로 말했다.

"내가 이곳으로 오면서 무엇을 보았는지 아시오? 능욕을 당해 자결한 여인들과 절개를 지키기 위해 스스로 절벽에서 뛰어내리는 여인들이었소. 모두들 당연하다는 듯이 그 여인들이 숨을 끊는 것을 지켜보더군. 허나 내가 이 위험한 일에 자원한 이유가 무엇인지 아시오? 이 조선이라는 나라를 구하는 데 일조하기 위함이오. 먼저 조선을 구해야 백성들도 살 수 있는 것이라 여겼기 때문이었소. 가는 곳마다 목숨을 끊는 백성들을 지켜보기 위함이 아니란 말이오!"

운영은 그제야 그가 단순한 오해로 자신을 구하게 된 것임을 알았다. 그러나 그가 하는 말을 들으면서 과거 아버지가 했던 말이 떠올랐다. 아직 스무 살도 넘지 않은 청년의 입에서 나온 말에 마치 죽은 아버지가 되살아 온 듯한 착각마저 든 것이다.

정치가 자신의 뜻과 맞지 않는다 해서 관직을 버리고 낙향했던 아버지. 어렸던 그녀는 아버지의 뜻을 잘 알지는 못했다. 그러나 아버지가 낙향해서 한 일들은 오로지 백성들을 위한 것이었다. 천반산 동굴에서 목숨을 끊은 아버지. 아버지가 평소 천반산에 올라 고심했던 것은 모두 이 조선이라는 나라의 안녕과 백성들의 안위였다.

운영의 눈에 눈물이 그렁그렁해지더니 주룩 흘러내렸다. 이에 사용도 당황한 듯 잡았던 멱살을 놓더니 매정한 태도로 고개를 돌렸다.

"죽으시오. 이제는 더 이상 막지 않을 것이니. 허나, 이것 하나만큼은 명심하시오. 오늘 그대가 죽어 저승에서 가족들과 재회한다고 하더라도 그들 중 누구 하나도 그대를 반기진 않을 것이오."

돌아선 그가 말을 묶어둔 곳을 향해 걸어가기 시작했다.

운영은 그 뒷모습을 보면서 어린 시절 천반산을 오르던 아버지의 뒷모습을 떠올렸다. 그의 말은 지금 운영의 마음을 쳤다. 그의 말이 옳았던 것이다. 자신을 하인의 등에 업히게 해 도망 보냈을 때 아버지는 죽음을 준비하고 있었다. 죽는 순간에도 운영을 살리려 한 것은 딸만큼은 어떻게든 살기를 바라서였을 것이다.

물론 아버지는 운영이 살아서 겪어야 했던 험난한 일들까지 모두 예상하지는 못했을 것이다. 그러나 가족을 모두 잃고 살아남게 되리라는 것에 대해서는 분명 한 번쯤 생각했을 것이다. 어린 소녀가 가족을 잃고 세상에 홀로 남겨진다는 것. 그것을 알고도 아버지는 운영을 살리려 했다. 그런 아버지가 어렸던 운영에게 하지 못했던 마지막 말을 왠지 이 사내라면 알고 있을 것 같았다.

운영은 곧장 사웅을 향해서 뛰어갔다. 막 말에 오른 사웅이 싸늘한 표정으로 운영을 내려다보며 물었다.

"내게 할 말이 더 남아있소?"

운영은 사웅의 얼굴을 올려다보며 굳은 의지가 담긴 대답을 주었다.

"같이 가요. 살래요."

사웅의 얼굴에 잠시 당황하는 기색이 스쳤다. 그러나 사웅은 곧 운영에게로 한 손을 내밀었다. 운영은 그가 내민 손을 잡고는 말 위에 올라탔다.

왜군이 점령한 마을을 빠져나올 때까지 쉬지 않고 말을 달리던 사웅은 어느 순간 안전하다고 판단되자 말의 속도를 줄였다. 운영은 그의 뒤에 앉아 물었다.

"처음 절 보았을 때부터 제가 노비라는 걸 아셨지요?"

사웅은 대답하지 않았지만, 운영은 그 답을 이미 알고 말을 이었다.

"하지만 절 대하시는 것이 깍듯하셨어요. 마치 반가의 규수를 대하듯요. 왜 그러셨죠?"

"오해는 마시오. 처음엔 절개를 지키려는 여인으로 알고 그리했으니. 노비가 절개를 지키려 죽으려 하지는 않는다고 생각했으니까."

"그럼 그 생각은 틀리셨네요. 전 노비가 맞으니까요."

"허나 그대가 말하길 역모사건으로 인해 노비가 되었다 하지 않았소? 그 전에는 분명 어느 반가의 여식이었겠지."

"맞아요. 그랬죠."

"그럼 역모도 없었고, 왜란도 일어나지 않았더라면…… 그대와 내가 만날 일은 일평생 없었겠군."

"예?"

운영은 잘못 들었다고 생각하고는 되물었다. 그러나 사웅은 이번에도 대답을 주지 않더니 말 위에서 뛰어내렸다. 그는 한 손을 들어 어딘가를 가리켰다.

"북쪽으로 가는 피난민이오. 저곳까지 데려다주겠소. 저들을 따라 북쪽으로 가다 보면 왜군을 피할 수 있을 거요."

"나으리는요?"

사웅이 처음 그녀에게 지었던 미소처럼 해맑은 미소를 지으며 말했다.

"세자저하의 명을 아직 다 이행하지 못하였소. 그러니……."

"남쪽으로 가시나요? 그곳으로 왜군이 북상하고 있잖아요."

"위험하겠지. 허나 누군가는 반드시 해야 할 일이오."

사웅의 도움을 받아 말 위에서 내려온 운영은 사웅과 마주섰다. 사웅은 그녀를 내려다보며 입을 열었다.

"그대의 아버지가 그대를 살리고 죽은 것은 분명 그대가 살아남기를 바라서였을 것이오. 그러니 그 목숨을 소중히 여기며 사시오. 혼자 사는 것이 분명 쉽지는 않을 것이오. 허나 살다보면 기쁜 날이 올 것이오. 물론 슬픈 날도 있겠지만, 그렇다고 해서 목숨을 끊으려 한다면 그리 죽은 사람들로 조선이 무덤 천지가 되었을 것이오."

진지한 말의 끝에 우스갯소리를 하는 그를 보며 운영이 작게 웃음을 터트렸다. 운영이 웃자 사웅이 말했다.

"계속 그렇게 웃으시오. 웃으니 훨씬 보기가 좋구려."

하지만 언제까지고 웃을 수는 없었다.

"죽지 마시오. 살아서 다시 만납시다."

사웅이 다시 말 위에 올라탔다.

그는 바로 말 머리를 돌리지 못했다. 지금 여기서 헤어지면 운영과 기약 없는 이별을 하는 것이라는 걸 알고 있어서였다. 이는 운영도 마찬가지였다. 함께한 시간은 매우 짧았지만, 그들의 인연은 왜란이라는 상황 속에서 독특하게 이뤄졌다. 운영도 그와의 헤어짐에 아쉬움을 느끼고는 말했다.

"혹 실례가 되지 않는다면 성함이 어찌 되시나요?"

"원사웅이오. 그대는?"

운영이 잠시 망설이다가 미소를 지으며 대답했다.

"운영이에요. 정운영."

임진왜란이 발발한 지 1년 후.

왜군이 남하하기 시작하자 의주로 피난을 갔던 선조가 한성으로 돌아왔다. 그러나 도성인 한성은 엉망진창이었다. 궁궐과 관아들은 모두 불탔으며, 기본적인 왕의 의식주도 제대로 챙기기 힘든 상황이었다. 여기에 도망친 노비들로 인해서 사회는 매우 혼란스러웠다. 그러나 이런 상황 속에서도 원군으로 왔다는 명나라 장수들을 대접하기 위해

온 조정이 애를 썼다.

선조는 현재 왜에 맞서 이 조선을 구할 수 있는 건 명나라뿐이라고 믿었다. 그러나 조선으로 파견된 명나라의 장수들에게 있어 일본에게서 조선을 구하는 것 따위는 관심 밖의 일이었다. 그들에겐 왜가 명나라 땅으로 쳐들어오지 않도록 막는 것이 가장 최우선이었고, 두 번째 목적은 왜와 조선이 짜고 명나라로 쳐들어오기 위해 거짓으로 전쟁을 일으킨 것인지 알아보는 것이었다.

결국 선조의 오판으로 인해 명나라 장수들은 조선에서 머무는 곳마다 기생을 부르고 잔치를 벌였으며, 무고한 조선의 백성들을 약탈하는 데만 시간을 허비했다.

"애운(愛雲)."

누군가 운영을 부르고 있었다. 운영은 그 소리를 들었음에도 답하지 않았다. 그것은 그녀가 다른 생각에 잠겨 있어서가 아니었다.

"애운."

두 번째로 그녀를 부르자 그제야 운영은 고개를 들었다. 기생 어멈 추향이 그녀를 내려다보고 있었다.

"애운이라는 이름이 마음에 들지 않으면 들지 않는다고 말하지 그랬니."

"그런 것이 아니에요. 아직 익숙하지 않아서."

"하기는, 관기가 된 지 얼마 안 되었으니 이해는 한다만. 허나 그 이름은 이제 네가 퇴기가 될 때까지 써야 할 거야. 어서 익숙해지도록 해."

"예."

"그건 그렇고, 준비해야겠다."

"준비라니요?"

"연회가 열린다고 하더구나."

"연회요?"

아직은 전쟁 중이었다. 한성으로 돌아온 임금님도 하루 세 끼를 제대로 챙겨먹지 못한다는 소문이 파다한데, 연회라니?

"명나라 장수들을 위해 나라님께서 연회를 여셨대. 전쟁으로 여령(女伶, 궁중 연회 등에서 춤 추고 노래하는 여자)도 대부분 도망가 생사를 알 수 없게 되어버렸지 않니? 그러니 이런 때 열리는 연회에는 너같이 새로 온 아이도 나갈 수밖에 없구나. 그래도 걱정하지 말렴. 사석이 아니라 공석이니 적당히 술만 따르면 될 거야."

"다들 퇴기만 모였느냐? 어찌 미색들이 다 고개 숙인 할미꽃이야?"

줄줄이 연회장으로 입장하는 관기들의 얼굴을 살피며 연회를 담당한 관리의 표정이 어두워졌다. 명나라 장수들의 기분을 좋게 하지 못할망정, 심기를 거스르는 것은 결코 이롭지 않을 것이기 때문이었다.

"너. 그리고 너. 거기 너도."

운영을 포함한 몇 명의 기생들을 관리가 골라내었다.

"너희들은 나를 따라오너라."

"예."

운영은 다른 기생들과 함께 관리를 따라 행궁의 좁은 복도를 한 줄로 걷기 시작했다. 몇몇 기생들은 행궁이라 해도 궐 구경이 생전 처음인지 눈을 반짝이며 구경하느라 정신이 없었다.

그 모습을 복도 끝에서 불만스런 눈빛으로 바라보고 있는 이가 있었다.

"밖에서는 백성들이 굶어 죽어가고 있거늘! 대체 전하께서는 무슨 생각이신지. 어흠!"

바로 영의정 류성룡이었다.

그의 바로 옆에 서 있던 이조참판 이항복은 아무 말 없이 굳게 입을 다물고 긴 한숨을 내쉬었다. 어려운 상황에서 연회를 열어 명나라 장수들을 대접해야 하는 임금의 심정도, 또 밖에서 굶어 죽어가는 백성들을 두고 기생을 불러 연회를 여는 것을 못마땅하게 여기는 류성룡의 심정도 이해하기 때문이었다.

"난 이 꼴을 어찌 봐야 하는지 모르겠네. 오늘 연회에 쓰일 음식이라면 한성의 많은 백성들이 배불리 먹을 텐데!"

"진정하시지요, 영상대감."

"진정하게 생겼는가? 난 저 꼴 못 보네. 우린 그만 가세!"

류성룡이 먼저 앞서 걸어가고, 그 뒤를 따르려던 이항복의 옆으로 운영이 지나갔다. 복도가 협소했기 때문에 이항복은 운영의 얼굴을 바로 가까이서 볼 수 있었다. 아주 잠깐이었지만, 그는 화려하게 화장한 운영의 얼굴 뒤에서 오래전 마주친 한 소녀의 얼굴을 떠올릴 수 있었다.

"운영?"

줄의 맨 마지막으로 걷던 운영이 자신을 부르는 목소리에 고개를 돌렸다. 눈이 마주치자 운영도 이항복이 누구인지 알아보고 놀란 표정을 지었다. 그러나 그것이 다였다. 운영은 아무 말 없이 기생들을 따라 열려 있던 방으로 들어가 이항복의 눈앞에서 사라졌다.

조선에서 태어나 단 한 번도 조선 밖으로 나간 적 없는 운영의 귀에 낯선 언어가 들렸다. 행궁의 한 누각 위, 조선에서는 본 적 없는 옷차림을 하고 있는 사내의 입에서 흘러나오는 언어였다. 운영은 분위기를 보며 그가 오늘 연회의 주인공인 명의 장수라는 걸 알아챘다.

"어서 가서 뫼시지 않고 무엇하느냐?"

관리의 말에 운영보다 앞서 걷던 기생 두 명이 바삐 명 장수의 곁에 다가가 앉았다. 덕분에 자리를 잃은 운영은 명 장수의 뒤쪽에 멀찍이 앉아 고개를 숙였다.

누각 위에는 선조를 비롯한 조선의 여러 고관들이 자리를 함께하고 있었다. 분조를 이끄느라 바쁜 세자 광해군을 제외하고 한성에 있는 높은 이들은 모두 그 자리에 모인 것 같았다. 운영은 그곳에서 처음으로 선조를 보았다. 자신의 가문을 풍비박산 낸 장본인을 말이다.

상당히 무섭고 잔인한 얼굴을 하고 있을 줄 알았던 선조의 모습은 운영의 생각과는 달랐다. 그는 키가 작고 통통한 체격이었으며, 낯빛은 어둡고 무거워 보였다. 그는 간혹 명 장수와 눈이 마주칠 때만 눈웃음을 지었으며, 그 외에는 계속해서 인상을 찌푸리고 있었다. 적어도 이 조선의 임금은 이 자리에 있는 것을 원하지 않는 것이 분명했다.

명 장수를 제외한 선조와 다른 고관들은 앞에 차려진 술상에는 손도 댈 생각이 없는지, 차려진 음식은 가지런하고 깨끗했다. 술잔도 마찬가지였다. 채워진 술잔의 술이 준 이들은 아무도 없었다.

"하하하. 어려운 시기에 이런 환대라니, 고맙기 그지없사옵니다."

명 장수의 말에 선조의 옆에 앉아있던 통역관이 말을 그대로 전한다. 선조는 억지웃음을 지으며 물었다.

"환대라니. 부족한 것은 더 없소? 어려운 시기이나 조선에서 머무는 데 불편함이 없도록 과인이 챙겨주리다."

통역관이 선조의 말을 전했을 때였다. 그가 곁에 앉은 두 명의 기생을 번갈아 쳐다보더니 선조에게 말한다.

"예로부터 조선의 여인이 어여쁘기로는 삼국 중 으뜸이라던데, 오늘 이 자리에 오른 계집들은……. 본관은 많은 것을 바라지 않사옵니다. 입궐하던 도중 궁녀 여럿을 보았는데 그 중 미색이 반반한 이들도 많았사오니, 그중 하나를 본관에게 하사하심이 어떻사옵니까?"

통역관의 입을 통해서 왕의 여인인 궁녀를 희롱하는 말이 전해지자 선조의 얼굴은 그대로 굳어버렸고, 신하들은 분노했다.

"아, 아니! 저, 저런……!"

선조는 재빨리 고개를 돌려 신하들에게 눈짓을 보냈다. 분노하는 신하들을 서둘러 잠재운 것이다. 그러나 본인에게도 상당히 치욕스러운 말이었기에 얼굴이 벌겋게 달아올랐다. 애써 태연하게 웃으려 노력하며 선조는 통역관에게 이 말을 전하게 했다.

"마음에 드는 이가 있다면 하사하겠다 전하게."

통역관을 통해 선조의 대답을 들은 명 장수는 신이 난 얼굴로 서둘러 주위를 둘러보았다. 그러자 그때까지도 잠자코 자리를 지키고 있던 나인들은 서로 그의 눈에 띄기라도 할까 시선을 내리깔고 고개를 돌리며 어찌할 줄을 몰랐다. 명 장수는 그것을 즐기는 듯 더욱 느긋하게 나인들의 얼굴을 살폈다. 그 시간이 길어질수록 누각에 있는 선조와 신하들의 치욕스러운 시간도 같이 이어졌다. 바로 그때였다.

"장수께선 조선에 여흥을 즐기러 오셨소?"

신하들 사이에 앉아있던 누군가 능숙한 명나라 말로 입을 열었다. 그러자 명 장수와 선조의 시선은 물론이고, 그 자리에 모인 모든 이들의 시선이 그를 향했다.

"여흥이라니? 지금 본관이 여흥이나 즐기러 이 조선에 왔다고 말하는 것인가?"

웃고 떠들던 명 장수의 목소리가 화가 난 듯 가라앉자, 선조가 통역관의 얼굴을 쳐다보았다. 통역관은 어찌할 줄 모르며 그들의 대화를 통역했다. 그 말을 들은 선조와 신하들의 얼굴이 사색이 되었다. 선조는 급히 가까운 곳에 서 있던 내관에게 그가 누구인지 물었다.

"원균의 독자 원사웅인 줄 아뢰옵니다."

내관의 입에서 나온 말을 들은 운영은 고개를 들었다. 한 사내가 신하들 틈에서 벌떡 일어서는 것이 보였다. 바로 녹색의 관복을 입은 원사웅이었다.

운영은 1년 만에 마주친 그의 모습을 보고도 믿기지가 않아 눈만 깜빡였다.

원사웅은 여유 있는 표정으로 명 장수를 향해 또박또박 말을 이었다.

"장수께서도 한성에 오시면서 분명 보셨을 것이오. 아직 왜군은 이 조

106

선에서 완전히 물러간 것이 아니고, 왜군들이 입힌 피해로 많은 조선의 백성들이 고통받고 있소. 우리 백성들은 장수가 데려온 원군을 진심으로 환대하였소. 백성들은 대국이 우리 조선국과 힘을 합하여 왜군을 이 강산에서 완전히 몰아낼 것이라 믿어 의심치 않기 때문이오. 장수 역시 대국에 계신 폐하로부터 그러한 명을 받고 이 조선에 오신 것이 아니시오?"

사웅이 한 말은 하나도 틀린 말이 없었다. 그래서인지 사웅의 말을 들은 명 장수의 얼굴이 벌겋게 달아올랐다. 조금 전 궁녀를 희롱하는 발언을 들은 선조의 안색이 벌겋게 변했던 것과 같았다.

"보, 본관은 폐, 폐하의 명으로······."

원사웅의 말에 대꾸하려던 명 장수는 혀가 꼬이기라도 한 것인지 제대로 대답도 하지 못한 채 자리를 박차고 일어섰다.

"에잇! 본관은 가서 왜군을 물리칠 방안이나 고심해야겠사옵니다."

명 장수의 말이 속마음과 다름을 잘 아는 이들은 당황해서 어찌할 줄을 몰랐다. 그러나 원사웅만은 한시의 흐트러짐이 없는 모습으로 두 손을 모아 정중히 장수를 배웅하며 말했다.

"장군의 묘책을 기대하겠소."

명 장수는 매서운 표정으로 한동안 원사웅을 노려보다가 자리를 떠났다.

불만을 가득 안고 명 장수가 떠나자 더 이상의 연회도 무의미해졌다. 조금 전 명 장수의 무례한 태도에 분노하던 신하들도 막상 그가 화를 내며 자리를 뜨자 원사웅을 둘러싸고는 대놓고 훈계를 하기 시작했다.

나라가 위급한 상황에서 젊은 혈기를 참지 못해 큰일을 만들었다는 것이다. 그러나 원사웅은 명 장수를 배웅하던 그 순간처럼 한 치의 흐트러짐 없는 자세로 그들의 훈계를 묵묵히 받아내고 있었다.

선조는 이러한 원사웅의 태도를 보며 긴 한숨을 내쉬었다. 그의 행동을 칭찬할 수도, 그렇다고 해서 꾸짖을 수도 없는 것이 이 유교 국가 조선의 임금인 선조의 현실이었다. 결국 선조는 혀를 차며 누각을 떠났다. 뒤를 따라 신하들도 우르르 누각을 벗어났고, 손님을 잃은 기생들도 하나씩 일어섰다.

기생들을 따라 뒤늦게 자리에서 일어서던 운영 쪽으로 사웅이 고개를 돌렸다. 사웅은 운영을 보며 말을 걸어왔다.

"운영 아니오?"

"저를 알아보십니까?"

그러자 기생의 옷차림을 한 운영을 살피며 사웅이 묻는다.

"처음 그대가 이 누각에 오르던 때에 진작 알아보았소. 헌데 어찌된 일이오?"

"지금은 기생 애운입니다."

"허나 그대는 노비가 아니었소? 어찌 관가의 기생이 된 것이오?"

"살기 위해서, 살기 위해 그리하였습니다."

운영이 슬프게 웃으며 사웅에게 대답했다.

누각을 내려온 후 궐의 한적한 곳에서 사웅은 걸음을 멈추고 운영의 이야기를 들었다.

"관노가 되어 굶는 것이나 면해 보고자 포도청을 찾아가 난중에 주인이 모두 죽은 사노비라 하였더니 얼굴이 반반하다며 기적에 이름을 올리게 하더군요. 그것이 며칠 전의 일입니다."

"며칠 전이라……."

사웅이 안타까운 목소리로 중얼거린다. 그런 그를 운영이 빤히 바라보자 사웅은 서둘러 말을 바꾸었다.

"난 지금 경상우수영에서 우수사이신 아버님과 함께 왜적과 싸우고 있소. 헌데 대국의 말을 할 줄 안다는 이유로 이번 연회에 참석하기 위해 며칠 전 한성으로 온 것이오. 사실 나 같은 무인은 애초에 주상전하와 동석하는 것이 불가한 일이지."

"저 역시 애초에 그러한 이가 아닙니까."

운영이 재치 있게 받아치자 사웅이 놀란 얼굴로 한참이나 운영을 바라보다 입가에 미소를 지으며 말한다.

"일 년 전 그대를 처음 본 날도 그리 생각하였지만, 우리는 연이 있는 모양이오. 애당초 우리는 만날 수가 없는 사람들이었으니."

집안이 역모로 인해 멸문지화를 당하지 않았더라면, 그래서 노비가 되지 않고 왜란도 일어나지 않았더라면 운영은 원사웅이라는 사내를 일평생 마주칠 일조차 없었을 것이다. 그저 한 집안의 안주인이 되어 평생을 안채에서 조용히 살아갔을 테니까.

사웅이 짧은 한숨을 내쉬었다. 그의 한숨 속에 그들 사이에 놓였던 1년여의 시간이 흘러가고 있었다.

"문득문득 그대가 떠오르는 날이 있었소. 죽지 않았을 것이라 믿었지. 살아 있어 주어서 고맙소."

"나으리……."

사웅의 말에 운영이 감동한 듯 말을 제대로 잇지 못하던 순간이었다.

"대국 장수의 여흥은 비난하면서 정작 본인의 여흥은 비난할 이를 찾지 못한 모양이군."

갑자기 들려온 이항복의 목소리에 서로 마주 보고 서 있던 사웅과 운영이 고개를 돌렸다.

"이판대감."

사웅이 그를 알아보고는 정중히 예를 올렸다. 그러나 이항복은 그의 인사를 받는 둥 마는 둥한 태도로 싸늘하게 말했다.

"다른 이들의 눈에 띄기 전에 하루라도 빨리 본인의 자리로 돌아가는 것이 옳을 것이네. 지금 한성에는 자네에게 없는 죄도 만들어 씌울 이들만 모여 있으니 말일세."

"혹 이판대감께서도 그런 이들 중 한 분이십니까?"

분명 꾸짖는 말일 텐데도 사웅은 천연덕스럽게 이항복의 말을 받아친다. 이항복도 사웅이 그렇게 나올 줄은 미처 예상하지 못했는지 당황한 얼굴로 바뀌었다.

"자네……!"

"그럼 소관은 이만 물러가지요."

사웅이 다시 한 번 정중히 이항복에게 인사를 올리고는 돌아섰다. 그러나 그는 바로 그곳을 떠나지 않았다. 운영을 돌아본 것이다. 그는 운영을 향해 입가에 미소를 지으며 말했다.

"뭐 하고 있느냐?"

"예?"

"너도 퇴궐하는 길이고, 나 역시 퇴궐하는 길이니 길이 같지 않느냐? 함께 가자꾸나."

"아, 예에……."

이항복의 눈치를 살피며 운영이 사옹 쪽으로 걸음을 떼었을 때였다. 이항복이 사옹에게 말했다.

"자네는 방금 전 내가 한 말을 마음에 담아두지 않은 겐가? 궐에는 보는 눈이 많네. 오늘 자네가 만든 적들에게 무슨 말을 듣고자 이런 행동을 하려는 것인가?"

그러자 사옹은 여유로운 미소를 지으며 입을 열었다.

"설사 계집질의 오명을 쓰더라도 소관은 떳떳합니다. 소관 스스로가 떳떳한데 죽음인들 무섭겠사옵니까."

"그 객기가 자네를 망칠 날이 반드시 올 걸세."

"그날을 보시려면 대감께서도 아주 오래오래 사셔야겠습니다."

천연덕스럽게 답하는 사옹을 보며 이항복은 할 말을 잃었는지 입을 다물었다.

운영과 함께 궐문 앞에 도착하자 사옹은 그를 기다리고 있던 하인으로부터 고삐를 건네받고 말에 올라탔다. 그는 1년 전 운영과 헤어질 때와 마찬가지로 헤어짐이 아쉬운 얼굴로 말했다.

"난 다시 경상우수영으로 가서 아버님과 함께 왜적과 싸울 것이오. 언제 돌아올지, 살아서 돌아올지는 기약할 수 없으나…… 혹 어려움이 생긴다면, 한성 동촌에 내 사가가 있소. 그곳으로 찾아오면……."

운영이 고개를 저으며 사웅의 말을 끊었다.

"조금 전 이판 대감의 말씀이 옳아요. 전 이제 관기가 되었는걸요. 제가 다시 나으리를 만나는 건 나으리의 평판을 떨어뜨릴 거예요. 전 그러길 원치 않아요."

"운영……."

"나으리, 전 다시는 죽으려 하지 않을 거예요. 그러니 이번엔 일 년 전 나으리께서 하신 말씀을 제가 할 수 있도록 해 주셔요."

"무슨 말을 말이오?"

"꼭 살아남으셔요. 살아남으시면 다시 뵐 날이 찾아오겠죠."

1년 전 운영과는 전혀 다른 모습이었다.

관기가 되어서도 살 의지를 강하게 내보이는 운영의 말에 사웅은 기쁘면서도 다른 한편으로는 씁쓸한 마음을 감추지 못한 채 자리를 떠났다. 운영은 그가 말을 타고 사라지는 모습을 물끄러미 바라보며 한동안 자리를 떠나지 못했다.

그런 운영의 뒤로 어디선가 이항복 대감이 나타나 말을 걸었다.

"네가 정운영이 맞다면, 넌 여기에 있으면 안 된다."

운영이 뒤에 있는 사람이 이항복임을 알아차리고는 돌아섰다.

"왜죠?"

"넌 그의 딸이 아니냐? 그러니 평생 한성 근처에는 얼씬도 하지 말아야 한다. 평생을 죽은 듯이 살아야 한단 말이다. 내가 도와주마. 한성을 떠나겠다면 네 살길을 열어주마."

운영은 무표정한 얼굴로 이항복을 바라보며 고개를 저었다.

"절 도와주시려는 마음이 있으셨다면 지난날 어린 제가 의금부에서 죽도록 내버려 두셨어야 했어요. 그랬더라면 이렇게 제가 살아서 대감과 다시 만날 날도 찾아오지 않았을 것이고, 대감께서 저를 두고 쓸데없는 걱정 따위를 할 일도 없으셨겠지요. 아니 그런가요?"

"대체 이 전쟁은 끝난 거야, 안 끝난 거야?"

추향이 주변을 날아다니는 파리들을 눈으로 쫓으며 신경질적으로 말했다. 그 소리에 넋을 놓고 창밖을 내다보던 운영은 추향을 돌아보았다. 추향은 빠르게 부채를 휘둘렀고, 운영은 그녀에게서 눈을 떼었다.

사웅과 헤어진 지 1년여의 시간이 또 흘렀다.

명나라가 개입하면서 전쟁은 임시 휴전 상태에 들어갔지만, 운영은 사웅을 만나지 못했다. 운영은 그가 아직 한성으로 돌아오지 않았다고 생각했다. 그렇다면 그는 여전히 경상우수영에서 부친 원균과 함께 있을 것이다.

운영은 매일같이 그를 생각했다. 1년 전 그와 재회한 날, 문득문득 그녀가 떠올랐다던 사웅의 말을 듣고 난 뒤부터였다. 운영은 자신의 이런 감정이 무엇인지를 잘 알고 있었다. 그러나 담담하게 현실을 받아들였다.

그녀는 기생이 되었다. 기생의 신분으로 그를 만난다는 건 사웅과 자신 둘 다에게 이롭지 못했다. 기생이 사내를 만나는 것은 손님을 대할 때뿐이다. 그렇기에 운영은 이런 감정을 가지고는 다시는 그를 만날 수 없을 것이라 여겼다.

"네 손님인 듯싶구나."

창밖을 내다보며 추향이 반가운 얼굴로 말했다. 운영도 추향의 시선을 따라 창밖을 내다보았다. 정문으로 막 들어오는 갓을 쓴 한 남자가 보였다. 이항복이었다.

낮부터 두 사람 사이에는 술상이 차려졌다. 그러나 그 누구도 술을 입에 대는 이가 없었다. 더욱이 기생으로서 손님을 맞아야 하는 운영 역시 올려 세운 한쪽 무릎 위에 두 손을 가지런히 포갠 채 손님을 대접할 생각을 아예 하지 않고 있었다.

그들 사이에 오랜 침묵이 흐르자 이항복이 먼저 말문을 열었다.

"잘 지냈었느냐."

눈을 곱게 내리깔고 있던 운영이 고개를 들었다.

"달포 만에 안부라고 물으십니까?"

"날을 세었느냐?"

"때만 되면 찾아오시니, 어찌 날을 기억하지 못하겠습니까."

손님 맞는 기생답지 않은 태도였다. 이항복은 쓴웃음을 숨기지 않았다.

"술이라도 따르라면 따르겠느냐?"

"왜놈들이 보이지 않는다 하여 그놈들이 완전히 물러간 것은 아니라 들었습니다. 난중에, 그것도 대낮부터 여흥이라니요?"

"기생이 할 말은 아닌 듯싶구나."

틀린 말은 아니었는지 운영이 입을 다물었다. 이항복은 그런 운영을 물끄러미 응시하다 긴 한숨을 내쉬었다.

"운영아."

"애운입니다."

딱딱하게 돌아오는 말에 이항복은 이번에는 짧은 한숨을 내쉬더니 말한다.

"그래, 애운아. 네 말대로 아직 난중이라 관비(官婢, 관아의 계집종) 신분으로 추향이의 밑에 있다는 걸 잘 안다. 허나, 난이 종식되면 기적에 정식으로 네 이름이 올라 평생 기생으로 살아야 할 것이다. 그럼에도 이곳에 있겠느냐?"

"오래전에 죽었어야 할 몸이 아닙니까. 기생 년은 관비처럼 잡일이라도 안 하니, 죽지 않을 바에 차라리 기적에 이름을 올리고 사는 것이 낫지요."

"애운아!"

탄식 섞인 이항복의 외침을 듣던 운영은 한 손을 저고리 고름에 가져다 대었다.

"사내가 계집을 위하는 이유는 단 한 가지뿐이라지요. 어찌하오릴까요? 대감의 앞에서 역도의 여식이 옷고름이라도 풀까요?"

그 말에 이항복은 자리를 박차고 일어섰다. 운영은 그의 뒤에 대고 차분하게 말했다.

"이년의 옷고름을 직접 푸실 생각이 아니라면 다시는 이곳에 걸음하지 마십시오."

일말의 따스함도 느낄 수 없는 운영의 말투에 참다못한 이항복이 그녀를 내려다보며 매섭게 말했다.

"그 옷고름을 풀 이는 따로 있는 듯싶구나. 허나 어쩌랴? 반불구가
되어 돌아왔다 하니, 그 옷고름을 풀 힘이라도 있을까!"

말을 마친 이항복이 자리를 떠났다. 홀로 남겨진 운영은 그의 마지
막 말을 되새기다가 무언가 떠올랐는지 눈을 크게 뜨며 항복이 나간
문 쪽을 쳐다보았다.

동촌(東村).

예로부터 무인들이 많이 거주했다고 알려진 한성의 동쪽 지역이다.
생전 이곳을 밟아본 적이 없는 운영은 용기를 내어 동촌을 찾았다. 동
촌에서도 원균의 사가라 하면 모르는 이가 없어서, 물어 찾아오는 것
은 어렵지 않았다. 그러나 정작 난관은 따로 있었다. 바로 굳게 닫혀
있는 저택의 대문이었다.

한참을 대문 앞에서 서성이던 운영은 돌아갈까도 생각했다. 하지만
이곳까지 걸음을 하기까지도 많은 고민을 했던 그녀였다. 지금 그녀가
바라는 것은 원사웅의 생사여부를 아는 것이었다. 이항복이 말한 이가
원사웅이 맞다면 그의 건강 상태를 알고 싶었다.

끼이이익.

굳게 닫혀 있던 대문이 열렸다. 운영은 재빨리 장옷을 정수리까지
뒤집어쓰고는 문 옆으로 물러섰다. 열린 문 사이로 나온 것은 가마였
다. 두 명의 가마꾼들이 각각 한 명씩 앞뒤로 가마를 메고 있었다.

대문의 문지방을 넘기 위해 가마꾼들이 걸음을 잠시 늦췄을 때였다.

116

닫혀 있던 가마의 창문이 비스듬히 열리더니 그 사이로 한 여인의 얼굴이 보였다. 운영은 그녀와 눈이 마주치자마자 서둘러 장옷 사이로 얼굴을 숨겼다. 그러나 그 여인은 운영의 얼굴을 본 것이 틀림없었다.

"멈추어라."

가마 안에서 여인의 목소리가 들리고, 막 문지방을 넘은 가마가 땅 아래로 내려왔다. 가마 뒤를 따르던 여종이 재빨리 앞으로 달려가 가마의 문을 열었다. 그러자 중년의 한 부인이 가마 안에서 내렸다. 그녀는 운영에게 말을 걸어왔다.

"거기, 자네는 누군가? 이 집에 볼일이라도 있는가?"

운영은 자신을 향한 말임을 알고 장옷 사이로 얼굴을 내보이며 입을 열었다.

"소인은……."

잠시 망설이던 운영이 결심한 듯 그 부인을 똑바로 바라보며 대답했다.

"애운이라 합니다. 한성부 관기이온데, 오래전 이 댁 도령이신 나으리께 은혜를 입은 일이 있습니다. 헌데 얼마 전 나으리께서 크게 다치셨다는 소문을 듣고 걱정이 되어 찾아왔습니다. 나으리께서는 무탈하신지요?"

그러자 그녀가 빙그레 웃으며 말했다.

"자네가 운영인가 보군."

예상치 못한 대답이 돌아오자 운영이 놀라며 되물었다.

"소인을…… 아십니까?"

"알다마다. 지금 자네를 만나러 가려던 참이었네."

운영이 영문을 알 수 없다는 표정을 지었다.

운영을 알아본 이는 원사웅의 모친인 윤 씨였다. 그녀는 운영을 집 안으로 들이더니, 그녀를 뒷마당 쪽으로 이끌며 함께 걸었다.

"하나밖에 없는 아들이라 금이야 옥이야 길렀더니, 종종 웃어른께 버릇없이 굴기도 하지. 헌데 이번에는 더 큰 사고를 치고 말았네."

운영은 그 '사고'가 이항복이 말한 큰 부상이라 여기고는 얼굴이 사색이 되었다.

"어찌 그리 안색이 나쁜가? 어디 아픈 것인가?"

"아닙니다. 마님, 나으리께서는 무탈하시옵니까?"

"직접 확인하게. 직접 보면 알 것이니."

윤 씨는 웃고 있었다. 그러나 그녀의 미소에도 운영은 안심할 수가 없었다. 사웅이 지금 이 집에 머물고 있는 것은 확신할 수 있지만, 혹시라도 크게 다쳤거나 앓아누운 모습을 보게 될까 봐 불안함으로 가슴이 요동쳤다.

"이곳이네."

그녀가 뒷마당 끝에 세워진 외딴 건물을 가리키며 운영에게 말했다.

"이곳이 어디입니까?"

운영이 윤 씨에게 묻는 사이, 윤 씨가 조심스레 닫힌 건물의 문을 열었다. 운영은 열린 문으로 건물 안을 들여다보다가 깜짝 놀라고 말았다. 그곳은 사당이었다. 어지간한 사대부의 집에는 하나쯤 있는 건물이었지만, 사당이란 그 가문의 죽은 사람들의 위패를 모셔둔 곳이었다. 운영은 그곳에 사웅의 위패라도 놓였을까 싶어 그대로 바닥에 주저앉아 눈물부터 쏟았다. 그러자 부인이 당황하며 운영에게 물었다.

"어찌 우는가?"

"돌아가신 것입니까? 나으리께서 돌아가신 것입니까?"

"아니, 그게 무슨 말인가?"

"마님, 이곳은 사당이 아닙니까? 산 사람이 이곳에 있을 리가 없으니 나으리께서는……!"

"내가 죽길 바랐소?"

갑자기 등장한 사웅의 모습에 놀란 운영이 할 말을 잃은 채 그를 바라보았다. 그러자 윤 씨 부인이 어쩔 수 없다는 표정으로 고개를 저으며 운영에게 말했다.

"내가 말한 큰 '사고'가 바로 이것이네. 한성으로 돌아온 뒤에 다 죽어간다고 소문을 내라 하니 그 소문이 경상우수영에 계신 대감께도 전해졌네. 대감께서 이를 듣고 놀라 생사를 알아보라며 파발까지 띄우시지 않았는가? 그러니 큰 사고이지. 헌데 이 모든 것이 바로 자네 때문이었네."

"어머님."

사웅이 부끄러운 듯 얼굴을 붉히자, 윤 씨 부인이 고개를 저으며 말했다.

"나는 그만 자리를 비켜주마. 하인들 눈에 띄지 않게 하려 사당으로 데려온 것인데 네가 죽은 줄 알고 이리 울다니. 이 아이가 널 어지간히 위하는 모양이구나.”

윤 씨 부인이 자리를 비켜주자 사웅은 손을 뻗어 주저앉은 운영을
일으켜 세워주었다.

“어찌 우는 것이오?”

사웅은 죽지 않았다.

뿐만 아니라 아주 건강해 보였다.

그는 1년 전 행궁 앞에서 운영과 헤어질 때보다도 키가 한 뼘은 더
자란 듯 그녀를 더 높은 곳에서 내려다보고 있었다.

운영은 쏟아지는 그의 시선에 얼굴을 붉히며 남은 눈물을 훔쳐냈다.

“운영.”

그가 살아 있다는 사실에 눈물은 그쳤을 터인데, 그에게 이름이 불
리자 또다시 왈칵 울음이 터졌다. 이상한 일이었다. 그의 목소리를 듣
는 것만으로도 눈물이 쏟아지다니.

운영은 자신이 이토록 간절히 그의 목소리를 듣길 원했다는 사실에
코끝이 아려왔다. 숨을 제대로 쉬기 어려웠다.

“그만 우시오. 난 죽지 않았소.”

“그럼 어찌 스스로가 죽어간다는 소문을 내셨답니까?”

“그래야 그대가 날 보러 올 것이라 여겼기 때문이오.”

“그게 무슨……”

“지난번 그대가 말하지 않았소? 관기가 되었으니 내 평판을 위해서
라도 나를 만나지 않겠다고 말이오.”

운영은 마지막으로 사웅을 만났을 때 자신이 한 말을 떠올렸다.

'전 이제 관기가 되었는 걸요. 제가 다시 나으리를 만나는 건 나으리의 평판을 떨어뜨릴 거예요.'

그렇다면 이 모든 건 자신을 움직이게 하기 위한 사웅의 계획이었단 말인가? 단지 자신을 보기 위해서 그가 이런 행동을 했다는 것일까?

운영은 왠지 모르게 얼굴이 화끈거리는 느낌을 받으며 그에게서 고개를 돌렸다.

"부르시면 왔을 것입니다."

"허나 그것은 그대가 원해서 오는 걸음이 아니었겠지."

"찾아오시면 뵈었을 것입니다."

"난 손님으로 그대를 만나러 가고 싶었던 것이 아니었소."

운영이 답답한 듯 사웅을 돌아보며 물었다.

"그래서 거짓 소문을 내어 저를 꾀어내신 것입니까? 어째서요?"

사웅이 목멘 소리로 천천히 소리를 냈다.

"그대가 보고 싶어서였소. 단 한 번만이라도 더. 단지 그대가 원하지 않는다면 내가 먼저 가서 그대를 만나서는 안 된다고 생각했소. 허나 오늘 그대가 이곳으로 걸음을 하고 내가 죽었다는 소식에 눈물을 쏟는 것을 보고 알았소. 운영, 그대도 나를 그리워하였소?"

솔직한 사웅의 고백에 운영은 놀란 눈으로 그를 올려다보았다. 조금 뒤 운영의 두 눈은 엎어진 초승달처럼 둥그런 곡선을 그렸다.

"무척이나…… 무척이나 나으리를 그리워하였답니다. 매일 하루하루를 나으리께서 무탈하시기만을 바랐답니다. 살아만 계신다면 첫 연을 맺었던 그날처럼 다시 뵐 수 있을 것이라 여기면서도, 나으리를 뵈러 가지 못하는 걸음을 달래고 달래느라 하루가 어찌 가는지를 모르고 살아왔답니다."

"운영……."

사웅이 그녀의 두 손을 붙잡았다.

"나으리, 살아 계셔서 고마워요. 진심으로요."

운영은 생에 처음으로 누군가 건강하게 살아 있다는 사실에 큰 기쁨을 느꼈다. 그리고 그 기쁨을 느낀 순간 운영은 깨달았다. 자신에게 살길을 열어주고 죽은 아버지의 마음을 말이다.

처음 사웅을 만났을 때 그가 한 말은 옳았다. 자신이 죽어 부모의 뒤를 따른다고 해서 부모는 결코 기뻐하지 않았을 것이다.

사랑하는 이가 건강하게 살아 있기만을 바라는 마음. 그 마음을 사웅을 통해 느끼게 되면서 운영은 부친 정여립의 마지막 순간 자신을 향한 마음을 들을 수 있었다.

'부디 살아만 다오……'

그날 이후 운영은 동촌의 원균의 사저로 들어가 윤 씨 부인이 내어준 처소에서 지냈다. 한 주 뒤 사웅은 다시 원균이 있는 경상우수영으로 돌아갔다. 아직 전쟁이 완전히 끝난 것이 아니어서 사웅은 자주 한성으로 돌아올 순 없었다.

열 달 뒤 운영은 첫 아들인 종현을 한성에서 낳았다.

그로부터 3년 뒤인 1597년 봄, 운영은 둘째 아들인 종민을 낳았다. 같은 시기 왜란을 종결시키기 위한 명나라와 일본 간의 강화교섭이 결렬되고, 일본군이 부산을 재침하면서 정유재란이 일어났다. 상륙하는 일본군을 거제도 칠천량에서 막던 원사웅의 부친 원균이 해전 도중 전사한다.

전쟁이 완전히 끝난 것은 그로부터 2년 뒤의 일이었다.

1599년 봄, 한성 동촌.

"부친의 전사가 자네에게 책임이 있는 것도 아니거늘, 삼년상도 끝난 마당에 어찌 재야에만 머무르려 하려는가? 전하께서 자네를 잊으시기 전에 조정으로 나가 입신양명함이 옳지 않겠는가?"

오랜 지기인 이이첨의 말에 사웅은 피식 웃음부터 터트렸다. 그런 사웅이 답답한지 이이첨이 목소리를 높였다.

"자네!"

"여전히 한성 동촌에 살거늘, 어찌 재야에서 지낸다 말하는가? 이곳이 재야면 한성 밖은 대체 무어란 말인가?"

"어허, 참! 말이 그렇다는 얘기지! 난도 끝난 데다 자네의 부친은 전하의 성은으로 선무공신에 녹훈되지 않았는가? 그런 공신의 유일한 자제인 자네가 은거하다니? 난을 수습하는 이 시기에 조정에서 큰일을 해야 하지 않겠는가?"

이이첨의 말에 사웅의 표정이 어두워졌다.

"공신으로 녹훈되신 것은 돌아가신 아버님이시지, 추잡하게 살아돌아온 내가 아닐세. 또한 전쟁이 끝난 세상에서 무관이 무슨 입신양명을 꿈꾸겠는가?"

"어허. 대기(大器, 사웅의 자) 자네!"

이이첨도 더 이상 아무 말도 하지 못한 채 앞에 놓인 술잔만 연거푸 들이켰다. 그도 사웅의 마음을 이해하지 못하는 것은 아니었다. 칠천 량 해전에서 부친 원균이 바로 눈앞에서 숨을 거두는 것을 본 뒤로 사 웅은 모든 관직을 내려놓고 동촌에 처박혀 지냈다. 부친을 지키지 못 했다는 자책감 때문이었다.

"아버님."

올해 세 살이 된 종민이 아장아장 걸어 나오며 누각에 앉아있는 사 웅을 불렀다. 종민을 발견한 사웅의 표정이 환하게 밝아졌다. 사웅은 자리에서 벌떡 일어서더니 버선발로 누각 아래로 내려가 어린 종민을 번쩍 들어 안았다.

"어미 곁에 있다 나오는 길이냐?"

"예."

종민은 방실방실 웃으며 대답을 곧잘 했다. 그런 아들을 흐뭇한 얼 굴로 바라보던 사웅이 종민을 안은 채로 누각 위로 올라왔다. 사웅은 종민을 이이첨에게 인사시켰다.

이이첨은 작은 두 손을 가지런히 모으며 인사하는 어린 종민을 보며 싸늘하게 말문을 열었다.

"그 역도의 여식이 낳은 아이인가?"

이이첨의 무뚝뚝한 반응에 어린 종민이 영문을 모르겠다는 표정을 지었다. 사웅은 하인을 불러 종민을 누각 아래로 내려 보내며 차갑게 대꾸했다.

"어린아이 앞에서 무슨 말을 하는 겐가?"

"틀린 말이 아니지 않는가? 손바닥으로 하늘을 가린다고 해서 언제까지고 그 사실이 숨겨지리라 여기는가?"

"자네가 상관할 일이 아니네."

"상관할 일이 아니라니? 한때는 그렇게 모든 신분을 차별 없이 대하는 면도 자네의 풍운아적인 기질이라 여기었지. 허나 역도의 여식을 첩으로 들인 것은 그와 상관없이 도가 지나친 행동이었네. 지금이라도 늦지 않았네. 역도의 여식을 살릴 생각이 있다면 아이들과 함께 멀리 떠나보내게."

사웅이 화가 잔뜩 난 얼굴로 낮은 목소리로 말했다.

"그 입 다물게."

"대기!"

"어찌하여 역도의 여식이라는 이름을 가지고는 죽거나, 아니면 살아도 일평생을 죽은 듯이 숨어 살아야만 하는가? 역모를 벌인 것은 그녀가 아니었네. 또한 정여립은 모함을 받은 거야. 그가 역모죄로 몰린 것은 단지 전하의 눈 밖에 났기 때문이라 생각하네. 그는……."

이이첨이 기겁하며 주변을 살피며 소리쳤다.

"그만하게! 정여립은 역도로 살다 역도로 죽었네. 이 사실은 변치 않아. 그러니 정여립의 여식을 이대로 계속 자네의 곁에 두었다가는 훗날 해가 되어 돌아올 걸세!"

결국 참다못한 사웅이 자리를 박차고 일어섰다.

"더 이상 그녀에 대해 함부로 말하는 것은 듣지 않을 것이네. 이런 식으로 말을 하려면 다시는 나를 찾아오지 말게."

사웅이 자리를 떠나자 이이첨은 혀를 차며 고개를 저었다.

그날 저녁이었다.

어린 종민을 일찍 재운 운영은 해가 지기 전부터 깊은 생각에 잠겨 있던 사웅의 눈치를 보았다. 무슨 이유 때문인지는 몰라도 사웅이 이렇게 생각에 잠긴 모습은 보기 드물었다. 그랬기 때문에 운영은 그의 이런 행동이 낮에 찾아온 지기 이이첨 때문일 것이라 여겼다.

"나으리."

운영의 부름에 사웅이 시선을 들어 운영을 쳐다보았다.

"말해보시오."

"무슨 일이 있으십니까?"

"일이라니?"

"그리 오래 생각에 잠겨 계시니 걱정이 되어 올리는 말씀입니다."

"아무 일도 없소. 종민은?"

"벌써 잠들었습니다."

그 말에 사웅은 멋쩍은 듯 웃었다. 분명 그의 마지막 기억 속에 종민은 운영을 향해 작은 입을 놀리며 재잘거리고 있었다. 그러던 아이가 어느새 잠들었는데 자신은 그것도 모른 채 깊은 생각에 잠겨 있었던 것이다.

"나으리."

운영이 걱정스런 표정으로 사웅을 바라보았다.

사웅은 그녀의 걱정을 조금이라도 누그러뜨리려는 모양인지 얼굴에서 미소를 잃지 않은 채 말한다.

"나의 오랜 지기인 득여(得輿. 이이첨의 자)는 그대가 정여립의 여식임을 안 뒤로 끊임없이 자네를 멀리 떠나보내라고 종용하고 있소."

"오늘도 그분께서 그것이 나으리께 이로울 것이라 말씀하신 것이로군요."

운영이 바로 알아채서일까, 사웅의 미소가 쓸쓸하게 변했다. 그 모습을 보며 운영이 말을 이었다.

"나으리께서 원하신다면 전 언제든지 떠날 준비가……."

사웅이 운영의 말을 끊었다.

"운영. 내 곰곰이 생각해 보았소."

"무엇을 말입니까?"

"진위(振威)에 내 본가가 있는 것을 알 것이오. 빠른 시일 내에 진위의 본가로 낙향하려 하오."

"어찌 갑작스레 그리 결심하셨습니까?"

"아버님이 관직에 있으시면서 오랫동안 이곳 동촌에서 거주하였소. 허나 나는 더 이상 관직에 있지 않으니 한성에 머물 이유가 없지 않소. 그러니 본가로 낙향했으면 하오."

"그분의 말씀 때문입니까?"

사웅은 고개를 저었다.

"단지 그뿐이었다면 굳이 낙향할 이유가 되진 않았을 거요."

사웅은 무언가 다른 것을 걱정하고 있었다. 운영은 그것을 알아차렸지만 굳이 캐물으려 하지 않았다.

"그럼 그리 알고 준비하겠습니다."

"고맙소."

사웅은 자신의 뜻을 따라주는 운영을 향해 고마움을 표했고, 그녀는 미소로 화답했다.

"어머니, 진위가 어디이옵니까?"

어린 종현의 물음에 짐을 싸던 운영이 하던 일을 멈추고 종현의 작은 얼굴을 쓰다듬으며 말했다.

"네 조부님이 태어나신 곳이란다."

"한성에서 많이 머옵니까?"

"이 어미 고향에 비한다면 그리 먼 곳도 아니지."

"그럼 한성에는 언제 돌아옵니까?"

"그건……."

운영이 마땅히 대답할 말이 생각나지 않아 말끝을 흐리던 때였다.

"마님! 작은 마님! 큰일 났사옵니다!"

여종이 목청껏 그녀를 부르며 안방으로 뛰어 들어온 것이다.

"무슨 일이냐?"

"의금부사가 왔습니다!"

"의금부사라니?"

의금부사라는 말에 놀란 운영이 서둘러 앞마당으로 뛰어나갔다. 그곳에는 병사 십여 명을 앞세운 의금부사가 서 있었다.

"전 훈련원정 원사웅에게 칠천량에서의 패전의 책임을 지고 교동

유배형에 처하라는 어명이 내려졌소!"

부친 원균의 사망으로 더 이상 논의되지 않을 것이라 여겼던 칠천량 해전의 책임이 살아남은 그에게 돌아온 것이다.

병사들이 다가오자 사웅은 각오한 듯 담담한 표정으로 서서 포박을 받아들였다. 그러나 뒤늦게 달려나온 운영을 본 사웅은 당황하며 그녀에게 소리쳤다.

"들어가 있으시오! 어디 아녀자가 이곳까지 나온단 말이오?"

평상시 사웅답지 않은 태도였다.

운영은 그 이유가 의금부사의 뒤에 서 있는 한 사람 때문이라는 걸 알아차렸다. 이이첨. 그가 운영에게 소리치는 사웅을 물끄러미 응시하고 있었다.

"나으리!"

"어머니! 어머니!"

안채에서 나온 두 아들도 운영의 치맛자락을 붙잡으며 울기 시작했다. 하인들도 저마다 어쩔 줄을 몰라 하고, 집 주변에는 담벼락을 따라 사람들이 줄지어 서서 수군대기 시작했다. 사웅이 유배형에 처해지자 집안은 난장판이 따로 없었다.

이 와중에 이이첨은 포박당한 사웅에게로 다가와 말했다.

"내가 말하지 않았던가? 조정에 나가 입신양명해야 한다 말일세. 그 것이 자네를 살릴 수 있는 길이었네."

"무관의 입신양명은 난중에 있을 일일세."

"내 분명 그 고집이 자네를 망친다 했네."

이제 이이첨의 시선은 운영을 향했다. 이이첨과 눈이 마주친 운영이 서둘러 몸을 굽혀 어린 두 아들을 끌어안았다. 이이첨은 그런 운영을 보며 입가에 알 수 없는 미소를 지었다.

"득여 자네!"

사웅이 이이첨을 향해 소리쳤다. 이이첨은 아랑곳하지 않고 운영에게로 걸어가기 시작했다.

"관기는 응당 관아로 돌아가야지. 아니 그런가?"

운영의 앞에 멈춰선 이이첨의 말이었다. 운영은 그 말을 각오했던 듯 아이들을 여종에게 맡기며 말했다.

"그래야지요. 허나 이 천것의 어린 두 아이는 아무런 죄가 없습니다. 이 아이들은 이곳에 남게 하여 주십시오."

운영의 말에 이이첨이 코웃음을 쳤다.

"본관의 뜻을 잘 이해하지 못한 듯싶군. 관기의 자식은 그 아비의 신분을 떠나 관노가 되는 것이 이 나라의 국법일세."

두 아들이 관노가 되어야 한다는 말에 운영이 이이첨의 발아래에 엎드렸다.

"나으리! 아직 어린 아이들입니다!"

그러나 이이첨은 매몰차게 돌아서며 의금부사를 향해 말했다.

"이 계집은 원래 관아에 소속된 관기였소. 그러니 이 계집과 계집이 낳은 두 사내아이 모두 한성부 관아로 돌려보내시오."

이이첨의 말을 들은 의금부사가 병사들에게 눈짓했다.

병사들이 재빨리 운영에게로 다가와 그녀와 두 어린 아들을 붙잡았다. 이를 본 사웅이 포박에서 벗어나려 몸을 비틀었다. 당장이라도 묶인 오랏줄을 풀고 운영과 아이들에게 달려갈 기세였다. 그러자 병사 여럿이 사웅에게로 달려들어 그의 몸을 묶은 오랏줄을 더욱 단단하게 옭아맸다.

"운영!"

"나으리!"

운영도 버티려 안간힘을 썼지만, 두 어린 아들들이 먼저 집 밖으로 끌려나가자 언제까지고 버티고 있을 수는 없었다. 그녀는 떼어지지 않는 걸음을 억지로 떼며 사웅을 향해 눈물지었다. 사웅은 그녀를 향해 말했다.

"운영. 난 곧 풀려날 것이오. 그러니 그때까지 힘든 일이 있더라도 참고 살아남아야 하오. 내 말뜻을 알겠소?"

운영은 눈에서 흘러내리는 눈물을 훔칠 새도 없이 고개를 세차게 끄덕이며 답했다.

"살아남을 것입니다. 운영은 어떤 힘든 일이 있더라도 살아서 기다릴 것입니다. 그러니 걱정 마십시오. 저희들 걱정은 마십시오, 나으리."

이 말을 끝으로 운영은 집 밖으로 완전히 끌려나왔다.

사웅의 모습이 그녀의 시야에서 멀어지고 있었다. 머문 기간은 짧았지만 그들이 난중에 이룬 보금자리였던 동촌에서, 그들은 그렇게 갈라지고 말았다.

사웅이 유배를 떠난 지 반년에 가까운 세월이 흘렀다.

날씨가 수시로 변덕을 부려 위험하다는 교동도. 그곳으로 유배를 간 사용에게서는 아직까지 서신이 한 통도 오지 않았다. 물론 운영도 알고 있었다. 그가 서신을 보냈다고 하더라도 그 서신이 관기로 있는 자신에게 무사히 도달한다는 것은 거의 불가능하다는 걸 말이다. 그저 운영이 기다리는건 그의 유배가 풀려 재회하는 날뿐이었다.

"네가 어지간히 대단한 계집이긴 한가 보다."

추향이 하루 종일 파리를 날리는 운영을 보며 하는 말이었다.

원균의 독자 원사용의 첩이었다는 사실 때문인지, 추향의 말대로 아무도 운영을 가까이하려 하지도 않았고 부르지도 않았다. 그러나 운영은 단지 그 때문에 손님들이 자신을 찾지 않는 것이 아니라는 걸 알고 있었다.

얼마 전 우연히 운영은 좌의정 이덕형 대감과 마주쳤다. 그는 운영이 누구인지를 듣고는 매섭게 노려보고는 자리를 떠났다. 좌의정 이덕형과 우의정 이항복의 우애에 대해서는 한성에 모르는 이가 없었다. 운영은 손님들이 자신을 찾지 않는 이유가 우의정 이항복과 관련이 있을 것이라고 짐작했다.

"이 천한 게! 똑바로 못 해!"

"으아아아앙."

닫힌 창문 밖에서 종민의 울음소리가 들려오자 운영은 앉아있던 자리에서 벌떡 일어섰다. 당장이라도 밖으로 나가려는 운영의 앞을 추향이 막아섰다.

"왜? 또 니 자식이라고 나서게?"

"비켜주세요."

"못 비킨다. 천한 종자로 태어나서, 몇 년 동안 흰쌀밥 먹으며 컸다고 다 양반이래? 너도 잊는 게 좋아. 언제까지고 감싸려고?"

"비켜달라고요!"

운영이 추향을 밀칠 기세로 소리치자 추향도 꼬리를 내리며 옆으로 물러섰다. 하지만 추향은 자신을 지나쳐 밖으로 뛰쳐나가는 운영의 등 뒤에 대고 소리쳤다.

"네가 자꾸 애들을 감싸봤자 너 아니면 그 아이들 중 하나, 지방 관아로 쫓겨날 거야!"

밖에는 제 몸집보다도 큰 빗자루를 들고 울고 있는 종민이 서 있었다. 종민의 옆에는 관노인 돌쇠가 서 있었다. 돌쇠는 종민의 울음소리가 커지자 큼지막한 손으로 어린 종민의 뺨을 내리쳤다. 종민은 폭풍을 만난 갈대마냥 힘없이 바닥으로 나뒹굴었다.

"종민아!"

운영은 넘어진 아이에게로 다가가 아이를 끌어안았다. 이미 입술이 터지고 코피가 흐르기 시작한 종민의 얼굴은 피범벅이었다. 그 얼굴을 맨손으로 안타깝게 쓸어내리며 운영은 돌쇠에게 소리쳤다.

"아직 어린아이라고요!"

운영의 말에 돌쇠가 땅에 침을 뱉으며 중얼댔다.

"퉷. 재수 없으려니……."

'퉷. 재수 없는 계집.'

동시에 운영은 어린 시절 자신이 겪은 고난과 지금 종민의 상황이 겹쳐지며 울음이 터져 나오려는 것을 간신히 참았다.

　'내가 살아서 이런 꼴을 보려고 너희들을 낳은 것이 아닌데……. 너희들만큼은 나처럼 아비 잃고 세상의 온갖 풍파를 다 겪으며 살지 않게 하려고 했는데…….'

　"또 한 번 내 아이에게 손을 대었다가는 가만있지 않을 거예요!"

　돌쇠의 얼굴이 붉으락푸르락해졌다.

　"뭐라고? 가만있지 않겠다고? 그럼 오늘 네년도 내 손에 한번 맞아 죽어볼텨?"

　흥분한 돌쇠가 주먹 쥔 손을 번쩍 들어 올렸을 때였다.

　"뭣 하는 짓이냐!"

　기방 앞마당으로 오르는 계단 쪽에서 이항복의 목소리가 들렸다.

　갑작스런 우의정의 등장에 놀란 돌쇠가 바닥에 넙죽 엎드렸다. 항복은 엎드린 돌쇠를 무서운 눈으로 내려다보다가 피범벅이 된 종민을 안고 있는 운영에게로 급히 다가갔다. 그는 한눈에 보아도 종민의 상태가 심각한지 종민에게로 손을 뻗었다. 그러나 운영은 종민을 더욱 끌어안으며 항복의 손길을 피했다.

　"어머, 우상대감 아니시옵니까?"

　추향의 등장에 항복은 허공을 맴돌던 손을 옷자락 아래로 숨기며 돌아섰다.

　"어흠."

　"자리를 마련해 올릴까요?"

"되었네. 그것보다……."

항복은 운영의 품 안에서 겨우 숨만 내쉬고 있는 종민을 내려다보며 말을 이었다.

"의원부터 불러주게. 저 어린아이가 많이 다친 듯싶으니."

"아이 참, 여기는 기방이지, 의원이 들락거리는 곳이 아니온데."

"어서 부르래도."

"예. 알겠습니다."

추향이 불만스런 얼굴로 치마끈을 바짝 잡아 올리며 사라졌다.

의원이 진맥한 종민의 상태는 다행히 크게 나쁘지 않았다. 의원은 아이가 크게 놀란 것뿐이라면서 지혈만 해주고 돌아갔다. 의원이 떠난 후 잠든 종민을 사이에 두고 운영과 항복은 마주 앉았다. 그러나 두 사람 사이에 오가는 말은 없었다. 침묵만이 두 사람 사이에 놓인 가운데, 결국 먼저 말문을 연 것은 운영이었다.

"고맙습니다."

"아이가 크게 다친 것은 아니라 하니 다행이로구나."

"예."

"아이가 둘이라 들었는데, 다른 아이는 지금 어디에 있느냐?"

"아마도 마당을 쓸고 있거나, 다른 곳에서 험한 일을 하고 있겠지요."

"그 아이도 아직 어린 것으로 아는데, 함께 지내지는 않는 것이냐?"

"기생이 낳은 아이는 계집아이가 아닌 이상 젖을 떼면 어미와 함께 지낼 수 없는 것이 이 나라의 국법이라 합니다."

운영의 목소리에 화가 실려 있었다. 항복도 이를 느꼈는지 목소리를 낮게 깔았다.

"네가 힘들겠구나……."

위로하는 말에 운영은 천천히 고개를 들어 그를 바라보았다. 항복은 잠든 종민의 얼굴을 지그시 내려다보다가 운영의 시선을 느낀 듯 고개를 들어 그녀와 눈을 마주쳤다.

"애운아."

운영은 기생 이름이 불리자 곧바로 시선을 땅으로 내렸다.

"예."

"더 필요한 것은 없느냐? 내 도움이 필요한 것이 있다면 말해 보거라. 도와줄 터이니."

그 말에 운영은 다시 그를 쳐다보며 말했다.

"교동에 계신 나으리께 서신을 보낼 수 있을까요?"

"원사웅에게 말이냐?"

항복이 당황한 듯 되물었다. 운영은 고개를 끄덕였다.

"예. 나으리께서 교동에 가신 지 반년이 넘도록 소식이 없으시니 매우 걱정되어 드리는 말씀입니다."

"그건……."

"어렵습니까?"

"어려운 것은 아니다만…… 아직 그 소식을 듣지 못한 것이냐?"

"소식이라니요?"

운영이 고개를 갸웃거리며 항복에게 물었다. 항복이 운영의 시선을 피하며 고개를 떨궜다. 눈치 빠른 운영이 항복에게 재차 물었다.

"무슨 소식인지요? 소인이 모르는 것이라면 알려주시지요."

그러자 항복이 고개를 들며 말했다.

"애운아. 놀라지 말고 듣거라."

"무슨……. 혹시 나으리께 무슨 변고라도 생긴 것인지요?"

항복이 무거운 침을 삼키며 입을 열었다.

"원사웅은 닷새 전 교동에서 병으로 세상을 떠났다."

"벌써 사흘째예요. 물 한 모금도 마시지 않고 있다고요. 저러다 우리 기방에서 송장 치우는 거 아니에요?"

"그런 걱정은 말거라. 절대 그런 일은 없을 터이니."

"어찌 그리 확신하세요?"

"내가 살아보니 사람 목숨이란 게 그리 쉽게 끊어지지는 않더라. 게다가 정인은 죽었어도 애가 둘이다. 어린애들 때문이라도 쉽사리 목숨을 끊진 않을 거야."

"뭐, 송장 치울 일만 없다면요. 헌데 우상대감께서 애운을 첩으로 들이시겠다는 게 사실이에요?"

"그래. 우상대감께서 그리하고 싶으시다는구나. 헌데 싫다고 저리 고집을 부리는 게 아니겠니? 그나저나 매향이 넌 어서 준비해야지. 오늘 '그분'이 오시지 않니?"

"예, 어머니."

추향과 기생 매향이 사라진 뒤에도 운영의 눈에서는 눈물이 쉴 새

없이 흘렀다.

"그럴 리 없어. 그럴 리가 없다고……."

두 눈으로 확인하지 못한 사웅의 죽음을 운영은 받아들일 수가 없었다. 여전히 사웅이 살아있는 것처럼 느껴졌다. 그리고 그는 반드시 그녀에게로 돌아올 것이라는 확신도 있었다. 하지만 항복의 말은 거짓이 아니었다.

그에게서 사웅이 죽었다는 소식을 듣자마자 운영은 동촌으로 달려갔다. 동촌에 있는 사웅의 집은 이미 주인이 바뀌어있었다. 그리고 새 주인이 된 이들도 사웅의 죽음에 대해서 이미 알고 있었다.

'운영. 난 곧 풀려날 것이오. 그러니 그때까지 힘든 일이 있더라도 참고 살아남아야 하오. 내 말뜻을 알겠소?'

'그 말이 나으리의 마지막 말일 리가 없어…….'

왜란에서도 살아남은 사웅이었다. 그 전쟁에서도 살아남아 다시 그녀를 만난 사웅이었다. 운영은 도무지 그의 죽음을 믿을 수 없었다.

밤이 깊어오고 멀지 않은 곳에서 손님들과 기생들의 웃음소리가 운영이 있는 방까지 흘러들어왔다. 운영은 여전히 미동도 없이 앉아있었다. 그렇게 얼마의 시간이 흘렀을까? 갑자기 닫혀있던 방문이 열리며, 어둠만 가득하던 운영의 방 안으로 빛이 쏟아져 들어왔다.

"다행이구나. 아직 잠들진 않은 모양이네."

추향의 목소리에 운영이 고개를 들었다.

"어서 준비하거라. 널 찾는 손님이 계시니."

"손님이라니요?"

아무 감정이 담겨 있지 않은 목소리로 반문하는 운영을 내려다보며 추향이 혀를 찼다.

"관기 주제에 정인이 죽었다고 삼년상이라도 치르려는 것이냐? 어서 준비 못 해?"

"싫어요."

추향이 기가 막힌다는 듯 짧게 웃었다.

"싫어? 그럼 오늘 네 아이들이 죽을 때까지 맞는 꼴을 보아야만 준비하겠느냐?"

추향의 입에서 아이들이 거론되자 운영은 그녀를 노려보았다. 추향은 빈정대듯 웃었다.

"거울이라도 들여다보렴. 지금 네 눈빛이 사람 눈빛인지 송장 눈빛인지 볼 수 있게 말이다. 네 정인을 뒤따라 죽으려고 마음 먹었다면 넌 진작 사흘 전에 죽었어야 했어. 그러니 어서 준비하렴. 살 이유가 아직 있다면 움직여야 하지 않겠니?"

화려한 옷을 입고 이에 어울리는 화장을 한 운영이 추향의 뒤를 따라 손님들이 자리한 안채 쪽으로 걸어가고 있었다. 점점 사람들의 웃음소리, 흥을 돋우는 기생들의 거문고 소리가 가까워졌다.

운영은 이 모든 것이 어색했다. 매일같이 듣던 소리였음에도, 이젠 익숙해질 만한 소리였음에도 말이다.

누군가는 죽었다고 하는데 하루하루는 매일 이어진다. 마치 아버지가 죽은 뒤의 세상처럼. 그때는 자신이 살아있는 게 너무나도 어색했었다. 그래서 하루라도 빨리 가족의 뒤를 따라 죽어야만 한다고 생각했었다. 사웅을 만나기 전까지는…….

"어머니?"

자신을 부르는 목소리에 운영이 걸음을 멈추고 고개를 돌렸다. 손님들이 들어찬 건물 앞마당을 쓸고 있던 종현이 자신을 발견하고 부른 것이다. 종현은 오랜만에 본 어머니가 반가운영 쓸던 비를 들고 그녀의 앞으로 다가왔다. 아직 사웅의 죽음 소식을 모르는 종현은 그저 생글생글 웃으며 운영을 바라본다.

"어머니. 예뻐요."

오랜만에 본 아들이 건넨 첫 인사는 손님을 맞이하러 가는 그녀의 곱게 단장한 모습이 예쁘다는 것이었다.

"아버지가 오셨어요?"

"뭐하는 거니? 서두르래도."

추향이 뒤에서 소리쳤다. 운영은 당장이라도 터져 나오려는 눈물을 삼키고는 몸을 굽혀 어린 종현의 얼굴을 쓰다듬으며 말했다.

"나으리는…… 진위에 계셔."

"진위요? 그럼 우리는 언제 진위에 가나요?"

"애운아!"

추향이 또 한 번 다그치자 운영이 몸을 바로 세우며 말했다.

"곧 갈 수 있을 거야."

"어머니……."

말을 마친 운영이 종현에게서 돌아섰다. 참고 있던 눈물이 그대로 운영의 뺨을 타고 흘러내렸다.

문이 열리자 방 안 가득 여러 사내들이 저마다 기생을 하나씩 끼고는 술을 마시고 있었다. 한 쪽에서는 흥을 돋우려는지 두 명의 기생이 악공의 선율에 따라 춤을 추고 있었다. 설령 삼정승이 오더라도, 악공까지 대동한 춤판은 요즘 보기 드문 광경이었다.

운영은 오늘 온 손님이 꽤 높은 신분의 사람이라고 짐작했다. 그리고 그녀의 예상은 들어맞았다.

"임해군마마."

추향이 웃으며 가장 안쪽 자리에 앉아있는 한 사내 앞으로 운영을 데려가 인사시켰다.

"이 아이가 애운입니다."

그러자 양 옆에 기생을 끼고 있던 임해군이 운영 쪽으로 고개를 돌렸다.

"애운? 이 아이가 바로 우상과 원사웅이 서로 가지려고 겨뤘다던 그 계집이란 말인가?"

그때 운영은 임해군의 맞은편에 앉아있는, 막 소년티를 벗은 사내와 눈이 마주쳤다. 억지로 이곳에 온 티를 내는지 기생 하나 끼지 않고, 잔을 가득 채운 술에도 눈길조차 주지 않고 있는 사내와 말이다. 그는 추향이 데려온 운영을 이미 알고 있었다는 얼굴로 뚫어져라 쳐다보고 있었다.

"예. 어때 보이십니까? 사내들이 저마다 탐낼 만해 보이십니까?"

"에잇! 삐쩍 마른 것이 볼품없구나. 네가 더 낫다, 매향아."

임해군이 오른쪽에 앉아있던 매향의 허리를 팔로 바짝 끌어안으며 말하자 매향이 간드러지게 웃음을 터트렸다.

"아이, 마마께서두, 참."

"허나 두 사내가 서로 가지겠다고 달려들었다면 반드시 그 연유가 있을 터. 오늘 밤 만리장성이나 쌓으며 그 연유나 알아볼까?"

임해군이 손을 뻗어 운영의 턱에 가져다 대었다. 그러자 운영이 그의 손길을 피하며 한쪽으로 턱을 돌렸다. 그러자 임해군의 표정이 험악하게 굳어졌다.

"이런 무엄한 계집이 있나!"

그가 한 손으로 술상을 내리치자 동시에 악공의 연주가 멈추고 주변 사람들의 흥겨운 웃음소리가 뚝 끊겼다.

"얼마 전 우상이 아바마마 앞에서 나를 험담하여 날 곤혹스럽게 만들더니, 이젠 우상의 계집조차 하늘 무서운 줄 모르고 내게 이리 구는구나. 내 오늘 이 자리에서 이 계집의 옷을 모두 벗겨 망신이라도 주고 말 것이야!"

임해군의 손이 우악스럽게 운영의 옷고름을 잡아당기는 순간이었다. 누군가 임해의 손을 막아섰다.

"임해 형님!"

그는 정원군이었다. 임해군의 맞은편에 앉아있던 소년티를 막 벗은

142

사내는 다름 아닌 정원군이었던 것이다.

"기방에서 소동이라도 일으켰다가 아바마마의 귀에 들어가기라도 한다면 형님께 득이 되지 못할 것입니다. 또한 우상 역시 바라는 바가 아니겠사옵니까?"

"비켜라!"

그러나 여전히 흥분한 상태의 임해군은 쉽사리 물러설 기미가 보이지 않았다. 정원군은 재빨리 악공에게 다시 연주를 시작하라고 지시하면서 그의 화를 누그러뜨리려 애를 썼다.

"오늘 이곳에 즐기러 온 것이지, 분풀이를 하러 온 것도 아니시지 않사옵니까? 넓은 아량으로 저 계집을 용서하시지요."

정원군은 임해군을 계속 달래며 한편으로 추향에게 눈짓을 보내 운영을 밖으로 내보내라고 지시했다. 추향이 운영과 함께 밖으로 나가자 정원군은 임해군의 술잔에 술을 따르며 말했다.

"정녕 우상이 저 계집을 첩으로 들인다면 이는 형님께서 우상의 죄를 아바마마께 고할 기회를 얻는 것이 아니겠사옵니까?"

"그건…… 그렇겠구나."

"예. 그렇지요. 그러니 오늘 저 계집을 놓아주신 일을 두고 사람들은 형님의 높은 기지를 칭송하게 될 것이옵니다."

연거푸 칭찬이 이어지자 임해군도 마음이 풀린 듯 다시 매향을 끌어안으며 정원군이 따른 술잔을 말끔하게 비웠다. 임해군은 곧 운영의 일을 잊어버렸다.

"이젠 네가 우리 기방을 말아먹으려고 작정했구나!"

밖으로 나온 추향은 운영을 꾸짖고는 다시 안으로 들어갔다.

추향이 사라지자 운영은 긴 한숨을 내쉬며 조금 전 상황을 돌이켜 생각했다. 임해군을 말린 사람은 그를 형님이라 불렀다. 그렇다면 그와 같은 왕자인 것일까? 지금 임금님에게는 왕자가 여럿이라 알고 있었다. 아마 그 중 한 명일 것이라고 생각한 운영은 방으로 돌아가기 위해 계단을 천천히 내려왔다.

"어머니!"

그때 계단 아래에서 몸을 웅크린 채 앉아있던 종현이 그녀에게로 달려와 안겼다. 운영은 종현을 안아주다가 아이의 몸이 매우 차가운 것을 알고는 놀라 물었다.

"여기서 뭘 하느냐? 일을 다 끝냈으면 가서 쉬지 않고?"

"어머니를 한 번 더 보고 싶어서요."

"어린 게……."

운영은 눈물을 훔치며 다시 한 번 종현을 꼭 안아주며 말했다.

"어서 돌아가렴. 종민이가 널 기다리고 있을지도 모르니."

"헌데 어머니, 진위에는 언제 가나요?"

"뭐?"

"어머니가 진위에 곧 간다고 하셨잖아요. 아버지가 계시는 진위요. 진위에 언제 가나요?"

조금 전 안에 들기 전에 운영이 한 말을 어린 종현은 가슴에 품은 모양이었다. 당장이라도 진위로 가자면 따라나설 종현을 보며 운영은 또 다시 터져 나오려는 눈물을 삼켰다.

"진위는……."

진위는 갈 수 없다.

그녀는 죽을 때까지 기방에서 기생으로 살아야 할 것이고, 그녀의 어린 두 아들도 마찬가지였다. 하지만 우의정의 첩이 된다면? 운영은 사웅의 죽음 소식을 전해 왔던 항복을 떠올렸다. 그는 사웅의 죽음에 충격을 받은 운영을 첩으로 삼고 싶다고 말했다. 첩으로 만들어 곁에 두고 평생을 지켜줄 것이라고도 했었다.

하지만 그것은 어디까지나 자신에게 국한된 말이었다. 관노인 두 아들은 관아에서 빼낼 수가 없었다. 그러나 관노로 사는 아이들에게 조금이나마 뒷배가 되어줄 수는 있을 것이다.

'하지만 아이들을 만날 수는 없겠지…….'

"어머니?"

종현이 다시 운영을 불렀을 때였다. 운영이 결심한 듯 종현에게 말했다.

"지금 종민이를 데리고 이곳으로 오렴."

"종민이를요?"

"그래. 지금 진위로 가자꾸나."

"정말요? 정말로 아버지께 가는 거예요?"

"그래. 대신에 다른 사람들이 모르게 해야 한다. 알겠지?"

"예! 예, 어머니!"

종현이 신이 난 듯 종민이가 있는 처소로 뛰어갔다. 운영은 뛰어가는 종현의 뒷모습을 보며 결심했다. 반드시 오늘 밤, 아이들과 함께 이 곳을 벗어날 것이라고.

달이 나무 사이에 걸린 밤.

운영은 잠투정을 부리는 종민을 품에 안고, 한 손으로 종현의 손을 잡은 채 기방을 나와 무작정 남쪽으로 걷기 시작했다. 길은 알고 있었다. 남쪽으로 가다 한강을 만나면 계속 강을 따라 서쪽으로 갈 생각이었다. 걷다 날이 밝으면 용케 배를 빌려 타고 남쪽으로 내려갈 수 있을 터였다. 하지만 오로지 달빛에만 의지해서 밤길을 가다 보니 결국 길을 잃고 말았다.

경복궁으로 향하는 육조거리를 벗어나면 한성은 미로처럼 길이 좁고 복잡하게 되어있다. 침입해 들어오는 적을 분산시키고 혼란에 빠트리기 위해서였다.

'이러다 날이 밝겠어!'

아직 성벽까지 도달하지 못한 채 길을 헤매던 운영과 아이들을 발견한 것은 순찰을 하던 순라군들이었다.

"거기 누구냐?"

"멈춰라!"

이대로 순라군에게 붙잡힌다면 관기라는 사실이 드러날 것은 불 보듯 뻔했다. 운영은 순라군이 멈추라는 외침에도 아랑곳없이 아이들과 뒤돌아서 달아나기 시작했다. 운영이 아이들과 달아나는 모습을 본 순라군들은 재빨리 그들을 쫓아왔다.

'제발! 이대로 여기서 붙잡힐 순 없어요!'

운영이 하늘에 뜬 달을 바라보며 간절히 기원했다. 그 바람을 누군가 듣기라도 한 것일까? 담 모퉁이를 돌던 운영이 반대쪽에서 오던 한 사내와 부딪치며 바닥에 나뒹굴었다.

운영에게 안겨 잠들어있던 종민도 바닥으로 떨어지며 깨어나 울음을 터트렸다. 운영은 제일 먼저 종민부터 챙겼다. 종현도 넘어진 운영에게 안겨왔다.

"아니, 이것들이! 이분이 뉘신지 알고!"

등을 들고 서 있던 남자가 앞으로 나서며 운영과 아이들에게 호통을 쳤다. 그 호통에 종현도 울음을 터트렸다. 운영은 본능적으로 자신이 부딪친 사내가 높은 사람이란 걸 직감하고는 그의 발치에 엎드려 사정했다.

"살려주십시오! 살려주십시오, 나으리! 우리 모자를 살려주십시오!"

운영이 간청하며 고개를 들어 그 사내를 올려다보았을 때였다. 그 사내가 운영을 알아보며 말끝을 흐렸다.

"너는……."

운영과 부딪친 사내는 정원군이었다. 그는 그날 밤 기방에서 머무는 임해군과 달리 내관과 함께 궐로 돌아가던 길이었다.

운영도 그를 알아보았다. 저녁때 자신을 희롱하려는 임해군을 막았던 바로 그 사내라는 걸 기억해낸 것이다. 그때 그는 임해군을 '형님'이라고 불렀었다.

"나으리! 제발 우리 모자를 살려주십시오!"

운영은 지금 순라군으로부터 자신과 아이들을 구할 수 있는 사람은 이 사내뿐이라 여기고는 더욱 간절하게 매달렸다.

"아는 계집이신지요?"

등을 들고 있던 내관이 정원군에게 물었다.

정원군은 자신에게 매달려 간청하는 운영을 내려다보며 아무런 대꾸도 하지 못하고 있었다. 그때 운영과 아이들을 쫓아온 순라군이 도착했다.

"아니, 통행이 금지되었거늘, 여기서 뭣들 하시오?"

순라군이 위협적으로 방망이를 흔들며 말하자 내관이 앞으로 나서며 호통쳤다.

"요놈들! 이분이 뉘신지 알고 입을 함부로 놀리느냐?"

"뉘시기에 그러오?"

"주상전하의 넷째 아드님이신 정원군마마시다!"

그제야 순라군들도 당황하며 어쩔 줄을 몰라 했다. 순라군들은 들고 있던 방망이를 바닥으로 내려놓으며 몸을 굽혀 어설프게나마 인사를 올렸다. 그들로서도 왕족과 마주친 것은 처음 있는 일인 듯했다.

"아이구, 마마님. 몰라 뵈었습니다요!"

"일어나거라."

정원군의 입이 열리자 그들이 서둘러 자리에서 일어섰다. 순라군들 중 한 명이 운영과 아이들을 쳐다보며 내관에게 물었다.

"헌데 이들은 누군지요?"

그러자 내관이 답했다.

148

"모르는 계집과 아이들이네. 통행이 금지된 시간에 돌아다녔으니 잡아가 조사하게나."

"예에!"

순라군들이 기다렸다는 듯 운영과 아이들을 붙든 바로 그때였다.

"놓게."

"예?"

"놓으라 하지 않았는가."

"정원군마마?"

내관이 당황하며 정원군을 쳐다보았다. 그러자 정원군은 아직 바닥에 엎드려 있는 운영과 아이들을 쳐다보며 말을 지어내기 시작했다.

"난중에 떠나보냈던 내 사가의 노비이네. 주인을 알아보고 찾아온 것이니 더는 신경 쓰지 말고 가던 길이나 가게."

정원군이 이렇게 나오자 내관도 별수 없다는 듯 순라군을 향해 서둘러 사라지라고 손짓했다. 순라군들이 자리를 떠나자 정원군이 부드러운 눈길로 운영을 향해 말했다.

"원사웅이 교동에서 안타깝게 세상을 떠났다는 말을 들었다. 그를 잘 알지는 못했지만, 그의 기개는 늘 높이 사고 있었지. 아마 그 두 아이는 사웅의 서자들이겠군."

운영이 고개를 끄덕이며 자리에서 일어섰다. 일어선 운영을 바라보는 정원군의 입가에 쓸쓸한 미소가 걸렸다.

"내 형님의 짓궂은 행실 때문에 기방에서 도망치려 한 것이냐?"

운영이 강하게 고개를 저으며 대답했다.

"아닙니다. 소인이 기방을 떠나온 것은 원 나으리께서는 돌아가셨을 지는 몰라도, 그분을 향한 절개만큼은 지키고 싶었기 때문입니다. 허나 기녀인 이상 그것은 어렵겠지요. 그렇기에 이 두 아이들에게 떳떳하기 위해서라도 기방을 떠나야만 했습니다."

"그랬던 것이군. 알았다. 그렇다면 그 절개를 지킬 수 있도록 내가 도와주마."

운영은 두 아들들을 품으로 끌어안으며 정원군을 바라보았다.

1년여의 세월이 흘렀다.

정원군은 그녀를 외거노비로서 따로 집을 얻어 아들들과 살 수 있게 해주었다. 또한 반년 전부터 무수리가 되어 궐내에도 출입할 수 있게 해주었다. 그때부터는 개인적인 수입도 생겨나고 삶도 더욱 나아졌다. 그러던 지난 밤, 정원군이 그녀를 찾아와 청을 했다.

"네가 해줄 일이 있다."

그는 한 여인에 대해서 말했다. 보모상궁이었으나 나인의 신분이 되어 수라간으로 가게 된 여인에 대한 이야기였다. 정원군은 운영이 곁에서 그 여인을 진심을 다해 섬겨주기를 바랐다. 운영은 그의 청 안에 녹아있는 사적인 마음을 엿보았다. 그리고 궁금증이 생겼다.

처음 보았던 기방에서도 억지로 온 티를 내며 술 한 잔 입에 대지 않고 앉아있던 사내가 바로 정원군이었다. 그런 사내가 이처럼 마음을 쓰는 여인이라면 어지간히 마음에 든 것이 아니리라 여겨졌다. 운영은 그 여인의 얼굴이 궁금해졌다. 모든 이들에게 자상하지만, 여인에게만큼은 차가운 그 사내의 마음을 빼앗은 여인이 말이다.

수라간 나인들이 머무는 처소 중에서도 가장 외딴 처소로 온 운영은 그곳을 깨끗하게 쓸고 닦으며 그 여인이 오기만을 기다렸다. 조금 뒤 생각시의 재잘거림이 들려왔다. 운영은 마침내 기다리던 여인이 왔다고 생각하고는 문을 열고 밖으로 나왔다. 그런데 생각시와 함께 나타난 여인은 나인의 옷차림이 아닌 상궁의 옷차림이었다.

운영은 아직까지 막 나인이 되었을만한 나이에 상궁이 된 여인을 궐에서 본 적이 없었다. 그래서 정원군이 말한 여인이 바로 이 여인일 것이라 확신했다.

"상궁마마님. 애기항아님. 이른 시간인데 무슨 일이세요? 지금 한창 수라간이 바쁠 때가 아닌가요?"

"강 상궁마마님께서 오늘 새로 오신 항아님을 처소에 모셔다 드리라 하셨어."

생각시의 말에 운영은 이미 짐작하고 있으면서도 모른 체하며 물었다.

"새로 오신 항아님이요? 어디 계세요?"

그러자 상궁의 옷차림을 한 여인이 앞으로 나서며 말했다.

"나예요. 내가 새로운 항아예요."

"상궁마마님이 아니신가요?"

"상궁이었는데, 오늘부터는 항아가 됐어요."

"예? 아, 예에……."

운영은 애써 놀란 척을 하며 서둘러 인사를 올렸다.

"소인은 이 처소 소속의 무수리입니다. 앞으로 항아님을 곁에서 모시게 되었어요."

그러자 그 여인은 아주 반갑게 웃으며 운영에게 말했다.

"반가워요. 이름이 뭐예요?"

상궁에서 나인으로 신분이 떨어진 것치고는 너무나도 밝아보였다. 운영은 그녀가 신분의 귀천에 상관없이 사람들을 대하는 여인일 것이라 여겼다. 그리고 아주 잠깐 본 것뿐이었지만 정원군의 마음을 그녀가 어떻게 얻었는지도 알 수 있을 것 같았다.

'이 여인은 사람을 대하는 데 솔직하고, 진심으로 대하는구나.'

운영은 입가에 떠오르는 미소를 감추지 않으며 입을 열어 대답했다.

"운영예요."

그것이 경민과 운영의 첫 만남이었다.

〈운영 이야기〉 마침.

지희 이야기

"헌데 그 패물은 이모님의 유품이 아니었느냐? 네가 중히 여기던 것인데 어찌 김 상궁에게 주었느냐?"
격정스럽게 묻는 정원군을 향해 숙원은 맥없이 웃었다.
"궐에서 자신보다 중히 여기는 것이 있다면 그것은 곧 자신을 위협하는
흉기가 되어 돌아오는 법입니다."

한성부 연화방에는 오래전부터 그 기원을 알 수 없는 큰 연못이 하나 있었다.

연못의 주변에 늘어선 집의 주인들은 고관은 아니어도 집안 대대로 벼슬깨나 했던 양반들이었다. 이 중 유독 눈에 띄게 작고 아담한 기와집이 한 채 있었으니, 그 집의 주인은 신경(辛鏡)이라는 사람이었다.

그는 향반 출신으로, 과거를 보고 벼슬에 나갈 만큼 뛰어난 사람은 아니었다. 그런 그가 이 한성부 연화방까지 흘러들어와 살게 된 배경에는 부친의 폭넓은 인맥이 있었다. 그의 부인 김 씨는 사헌부 감찰 김한우의 여식이었다. 김한우는 신경의 부친과 지기 사이로, 그 덕에 그는 김한우의 여식과 혼인한 후 한성부로 이주해 살고 있었던 것이다.

부인 김 씨에게는 나인으로 입궐했던 여동생이 있었다. 신경이 한성으로 상경한 지 몇 해 되지 않아 그녀는 임금의 총애를 받아 후궁이 되었고, 신경은 자신도 그 덕을 볼 것이라 남몰래 기대하였다. 그러나 몇 년 뒤 부인 김 씨가 딸을 낳던 도중 난산으로 사망하자 처가와의 왕래도 사실상 끊어지고 말았다. 엎친 데 덮친 격으로 힘들게 태어난 딸 역시 낫기 힘든 병을 가지고 있었다.

신경은 부인을 잃은 슬픔을 갓 태어난 딸의 탓으로 돌렸다. 그는 아이가 얼마 살지 못하고 죽을 것이라 여기고는 딸을 별당에 두고 단 한 번도 찾지 않았다. 심지어 부인 김 씨가 죽던 날, 아이도 함께 죽었다 말하고 다니기까지 하였다.

그러나 그 아이는 죽지 않았다.

태어나는 순간 어미를 잃고 나을 수 없는 병까지 지닌 아이는 오히려 하루하루 끈질기게 생명을 이어나가고 있었다.

어느덧 신경의 여식이 태어난 지 여덟 해라는 시간이 흘렀다.

"콜록콜록."

집의 규모가 작았기 때문에, 그 누구라도 안채에 발을 딛는 순간 소녀가 내는 기침 소리를 또렷하게 들을 수 있었다.

소녀의 이름은 지희. 바로 신경의 부인 김 씨가 목숨을 걸고 낳았던 바로 그 여자아이였다. 지희는 태어난 뒤로 별당을 떠난 적이 없었다. 그녀를 시중드는 것은 계집종 사월이 하나뿐이었다. 사월이는 하루에 단 두 번, 정해진 시각에 별당에 들어 지희에게 음식을 가져다주었다. 그 외에는 평소 별당에서 사람 그림자 하나 찾아보기 어려웠다.

지희에게는 지병이 있었다.

그녀가 가진 병명이 정확히 무엇인지 아는 이는 아무도 없었다. 신경은 지희가 태어난 뒤 곧 죽을 것이라고 여기고는 의원에게 한 번도 보이지 않았기 때문이었다.

지희는 바람이 불면 기침을 시작했다. 따스한 봄바람이든 매서운 겨울바람이든 가리지 않았다. 이렇게 시작된 기침이 멈추지 않고 오래도록 이어지다 보면 지희는 목이 타는 듯 찌릿한 통증과 함께 입으로 핏물을 토해냈다. 더 심해지면 혼절하기도 하였다. 그럼에도 지희의 질긴 숨은 끊어지지 않았다.

이런 지희의 병 때문에 그녀가 머무는 별당의 창문은 열릴 일이 없었다. 1년에 단 한 차례, 한여름에만 창문이 열렸다. 대신 열린 창문으로 드는 바람을 최대한 차단하기 위해 대나무 발을 내려야만 했다. 이 대나무 발 때문에 지희는 창문이 열려있어도 바깥 풀 한 포기 구경할 수가 없었다.

하지만 지희는 그것만으로도 행복해했다. 이유는 있었다. 바로 별당에 딸린 누마루 위에 걸린 작은 종 때문이었다. 매년 여름이 오면 신경은 별당에 종을 걸게 하였다. 지희의 어머니 김 씨가 살아생전 그 소리를 들으며 더운 여름을 지냈던 종이었다.

가끔 찌는 듯한 더위와 함께 찾아온 여름 바람이 종을 흔들면, 종은 집안 전체에 들릴 정도로 명쾌한 울림을 내었다. 지희는 그 종소리를 매우 좋아하였다. 종이 울리면 기침하는 것도 잊어버린 채 넋을 잃고 종소리에 귀를 기울였다. 사월이가 지나가는 말로 돌아가신 마님이 그

종소리를 아주 좋아하셨다고 한 뒤로는 더욱 그러했다.

하지만 종소리라도 기침 소리를 완전히 멈추게 하는 도술을 부리진 못하였다.

"콜록콜록."

"재수 없는 계집."

"아직도 숨이 끊어지지 않았나 보지?"

여름에 열린 창문 밖으로 지희의 기침 소리가 새어나가면, 그녀를 향한 두 오라버니의 험한 말들이 별당으로 쏟아지기 일쑤였다. 지희의 두 오라버니는 그녀를 가슴 깊이 미워했다. 부친인 신경이 종종 지희를 두고 어미를 잡아먹은 계집이라며 중얼거리곤 했기 때문이었다. 오래도록 이 말을 곧이곧대로 듣고 자란 두 오라버니들은, 그녀와 거리를 두고 가까이하려 하지 않았다.

"네가 지희로구나!"

지희의 나이 여덟 살이 되던 해 여름. 계집종 사월이를 제외하고는 그 누구도 온 적이 없었던 그녀의 별당으로 낯선 사내가 찾아왔다. 태어나서 처음으로 본 낯선 남자의 모습에 놀란 지희는 눈만 껌뻑였다. 그 사내는 다름 아닌 그녀의 외백부인 김공량이었다.

공량은 지희가 오래전 죽은 줄로만 알았다는 이야기로 말문을 뗐다. 그는 곧 그녀를 찾아온 연유에 대해서 숨김없이 말했다.

"네 엄마에게는 여동생이 한 분 계시다. 나의 누이이기도 한 그 분은 궐에 사시는데, 네가 살아있다는 소식을 들으시곤 널 한 번이라도 보고 싶다 하시는구나. 허나 그분께서는 널 만나기 위해 궐을 나오실 수 없으시다. 그러니 네가 그분을 뵈러 직접 입궐을 해야겠다."

궐. 이 나라의 지존인 임금이 사시는 곳이라고만 알던 곳이었다.

태어난 뒤로 줄곧 병을 앓아온 지희로서는 감히 꿈에서라도 가보리라고 생각지 아니하였던 곳. 그런 곳에 갈 수 있다는 외백부의 말에 지희의 가슴이 기대감으로 두근두근 뛰기 시작했다.

헌데 공량은 막상 지희에게 궐로 가자는 말을 꺼내고도 근심이 들지 않을 수가 없었다. 공량의 눈에 지희는 정말 살아있는 게 기적이라고 할 수 있는 상태였다. 제 또래보다 훨씬 체구가 작고 가녀린 지희는 햇빛 앞에서 사르르 녹아 사라질 것처럼 허약해 보이기만 하였다.

지희 역시 별당을 나선다는 것이 얼마나 위험천만한 일인지를 잘 알고 있었다. 어린 시절부터 지희를 모셔온 사월이도, 그녀가 별당을 나서는 순간 피를 토하며 저승사자를 만나게 될 것이라고 누누이 겁주지 않았던가?

"궐에 가겠느냐?"

공량이 또 한 번 지희를 보며 물었다. 그는 지희가 거절한다면 허약한 그녀를 데리고 입궐하려는 마음을 접을 생각이었다.

그러나 그가 모르는 것이 있었다. 그의 물음은 단순히 입궐할 의사만을 묻는 것이 아니었다. 남들에겐 그저 예와 아니오로 나뉠 선택 지문이, 어린 지희에게는 생과 사를 잇는 위태롭고 폭이 좁은 다리를 건널 것인지 묻는 것과 다를 바가 없었다.

멈추지 않는 기침과 붉은 선혈을 토해냈을 때의 아픔. 그 뒤를 따르는 죽음의 공포까지.

어린 지희는 외백부의 물음과 함께 머릿속에 그려진 죽음의 공포를 애서 지우려 고개를 저었다. 그리고 단 한 번도 보지 못한, 어쩌면 죽는 순간까지도 볼 수 없을 별당 담 너머의 세상을 향한 호기심을 마음 안에 채우기 시작했다.

"가겠습니다."

그림으로만 보고 글로만 읽었던 별당 바깥의 세상.

지희는 그 세상을 직접 두 눈으로 보기 위해 궐로 가는 가마에 작은 몸을 실었다.

"한 눈에 네가 벼리 언니의 여식임을 알아보겠구나. 헌데 이를 어쩌나, 벼리 언니보다 나를 더 닮은 듯하구나."

꽃내음으로 가득한 경복궁의 양화당에서 한 여인이 지희를 맞이했다. 그녀는 바로 귀인 김 씨였다.

김 귀인은 지희가 생전 맛보지 못한 귀한 간식들을 주었고, 내의원 의원을 불러 지희를 진맥하게 하였다. 진맥을 한 내의원 의원은 지희의 병이 평생 나을 수는 없지만, 약으로 몸을 보하면 기침이 많이 가라앉을 것이라는 긍정적인 이야기를 들려주었다.

어린 지희는 의원이 하는 말을 모두 이해할 수는 없었다. 하지만 기침이 많이 줄어들 것이라는 말에 기뻐하는 김 귀인의 얼굴을 보며 의녀가 가져온 쓴 탕약을 단숨에 삼켰다.

"정혜와 동갑일진대, 어찌 정혜보다도 더 의젓하누."

김 귀인은 지희를 자신 소생의 옹주와 비교하며 칭찬을 아끼지 않았다. 태어나 처음으로 받는 애정 어린 관심과 칭찬에 지희는 김 귀인을 보며 단 한 번도 본 적 없는 마음속의 어머니를 떠올렸다. 그런데 그만 그녀의 마음속 생각이 바깥으로 튀어나오고 말았다.

"어머니."

그러자 김 귀인은 지희를 품에 끌어안고는 다정히 머리를 쓰다듬으며 말했다.

"내겐 아들이 넷, 딸이 넷이다. 이제 너까지 딸만 다섯이 되었구나."

"그러지 마시고 지희를 생각시로 입궐시켜 곁에 두시지요."

공량의 말에 김 귀인이 대답했다.

"그리하고자 제부에게 말하였습니다. 허나 제부가 이 아이를 궐로 보내고 싶지 않아 하더군요. 하나뿐인 여식이라 아끼나 보옵니다."

공량이 고개를 갸웃거렸다. 그가 지희의 집에서 본 모습은 아끼는 여식이 받는 대우와는 거리가 있어 보인 까닭이었다.

"가서 정혜를 불러오게."

김 귀인이 지밀상궁에게 명하였다. 얼마 지나지 않아서 새초롬한 표정의 정혜옹주가 양화당으로 왔다. 지희와 동갑인 그녀는 들어서자마자 남루한 옷차림의 지희를 보고 인상을 찌푸렸다.

"지희는 내 질녀이자 네 사촌이지. 마침 오늘이 관화(觀火, 궁중 불꽃놀이) 날이니, 네가 지희를 희대(戱臺, 불꽃놀이가 열리는 장소)로 데려가 구경을 시켜주거라."

"알겠사옵니다. 어머님."

정혜옹주가 공손하게 대답하고는 앞장서서 양화당을 나섰다. 김 귀인은 인자한 얼굴로 지희에게 정혜를 따라가라 손짓하였다. 지희는 두 손을 모아 공손히 김 귀인에게 인사를 올리고는 사라진 정혜를 쫓아 양화당을 나왔다.

정혜옹주는 양화당 월대(月臺, 섬돌) 앞에 나인들과 함께 서 있었다. 그녀는 기침이 나올까 천천히 조심스럽게 걸어 나오는 지희를 보며 짜증을 숨기지 않았다.

"왜 이리 느린 것이야? 발이 그 치마 아래 들어있기나 하니?"

정혜옹주의 놀림에 주변 나인들의 시선이 모두 지희를 향했다. 생전 처음으로 받는 많은 이들의 차가운 시선에 지희는 위축되어 고개를 숙였다. 정혜는 아니꼽다는 투로 말했다.

"천한 것. 한직(閑職)에도 오르지 못한 네 부친이 벼슬자리 하나 노리고 널 궐로 보낸 것을 내 모를 줄 알았더냐? 입은 꼴 하고는……. 궐의 무수리가 너보단 잘 차려입었겠구나."

이제 정혜옹주의 주변에 선 나인들이 키득거리며 웃기 시작했다.

"희대까지는 네가 알아서 가거라. 알겠느냐?"

정혜옹주는 두 손으로 지희를 밀었다. 지희는 힘없이 바닥에 넘어졌다. 정혜옹주는 콧방귀를 뀌며 돌아서 자리를 떠났다. 남아있는 양화당 나인들은 지희와 시선을 맞추지 않으려 고개를 돌려버렸다. 괜히 지희를 도와준다고 나섰다가 정혜옹주의 눈밖에 날까 전전긍긍하는 얼굴들이었다.

지희는 도와줄 이가 아무도 없음을 깨닫고는 도움을 받기를 포기했다. 태어나면서부터 홀로 병마와 싸워 왔던 지희에게는 포기라는 말이 새삼스러운 것도 아니었다. 그녀는 언제나 혼자였다. 고통스러운 기침을 내뱉을 때도 그녀의 곁에는 아무도 없었다. 심지어 병이 심해져 생사를 헤매던 순간, 계집종 사월이조차 차라리 숨이 끊어지는 것이 낫겠다고 중얼거리지 않았던가?

지희는 넘어지며 바닥에 닿았던 손에서 흙먼지를 털었다. 그리고 일어서기 위해 갈대 같은 두 다리에 힘을 주려고 했다. 그때 작은 손이 그녀의 앞으로 불쑥 튀어나왔다. 지희가 그 손을 따라 시선을 들어 올리자, 그곳에는 낯선 얼굴의 한 소년이 서 있었다.

소년의 손은 지희를 위해 내밀어진 것이었다.

지희도 소년이 내민 손에 담긴 호의를 알아차렸다. 하지만 정혜옹주도 김 귀인의 앞에서는 그녀에게 호의가 있는 듯 보였다. 그런 정혜옹주의 태도가 달라지기까지는 그리 많은 시간이 필요하지 않았다. 그렇다면 이 낯선 소년은?

"어서 오시지요. 정원군마마."

뒤늦게 양화당 상궁이 소년에게로 다가와 인사를 올렸다.

그제야 지희는 소년이 정혜옹주와 마찬가지로 신분이 높은 종친이라는 걸 알게 되었다. 조금 전 정혜옹주로부터 쌀쌀맞은 대접을 받았던 지희였다. 그 소년 역시 정혜옹주와 다를 바 없는 태도로 자신을 대할 것이라 지레짐작한 지희는 스스로 자리를 털고 일어섰다.

"너는……."

소년의 입이 열렸다.

지희는 뒤에 이어질 말이 두려워졌다. 자신이 누구인지를 알게 된다면 소년 역시 방금 전 손을 내밀었던 호의를 모두 잊은 채, 천하다는 말을 내뱉을 것 같아서였다. 지희는 고개를 숙였다. 그리고는 월대 아래로 걸어내려와 방향을 정하지 않은 채 무작정 걷기 시작했다.

구름 하나 없는 하늘에 석양이 깔리기 시작하더니, 금세 날이 어두워졌다. 난생 처음 온 궐에서, 사라진 정혜를 찾아 이곳저곳을 헤매던 지희는 그만 길을 잃고 말았다. 지나다니는 사람 하나 없는 궐의 외진 곳. 석양마저 사라지자 하늘은 무거운 어둠 속에 어린 지희의 몸을 꼭 꼭 숨겨버렸다.

밤이 찾아오면서 차가워진 공기는 탕약으로 나아진 듯 보였던 지희의 기침을 다시금 불러냈다.

"콜록콜록."

몇 걸음을 떼지 못한 지희는 몸을 웅크린 채 바닥에 주저앉았다. 지나가는 이가 본다면 땅에 박힌 작은 돌인 줄 알 정도로, 웅크린 지희의 몸은 더욱 초라하고도 작게만 보였다.

지희는 끊이지 않는 기침을 멈추기 위해 갖은 용을 썼다. 한 손으로 목을 눌러보기도 하고, 입을 틀어막고 기침과 터져 나오는 숨을 다시금 삼키려고도 하였다. 이런 방법들이 큰 효과가 있는 것은 아니었지만, 오랫동안 병을 지니고 살아온 지희의 임시방편이기는 하였다.

그때였다. 지희의 머리 위로 한 줄기의 붉은 빛이 하늘을 가를 듯 솟아올랐다. 그 빛은 어둠이란 옥 안에 갇혀 있던 지희를 단번에 끄집어 낼 만큼 강했다.

놀란 지희는 고개를 들어 시선을 하늘로 보냈다. 관화가 시작된 것이다. 불꽃이 터지는 모습과 이어지는 폭발음에 놀란 지희는 자신이 기침을 하고 있었다는 것도 잊어버렸다.

쾅쾅! 엄청난 폭발음에 지희는 다시 고개를 숙이고 사시나무처럼 몸을 떨었다. 폭발음이 들릴 때마다 움찔하며 눈을 감았다 뜨기를 반복했다. 관화 불빛이 길을 보여주었음에도 땅에서 발을 뗄 수가 없었다. 빛과 소리가 어린 지희에게 큰 두려움만을 주고 있었기 때문이었다.

어느 순간 땅만 보고 있는 그녀의 눈앞에 커다란 그림자가 드리워졌다. 그 그림자는 불꽃이 터질 때마다 바닥에 모습이 나타났다가, 불꽃이 사라지면 순식간에 어둠 속으로 사라졌다. 그 그림자의 존재를 눈치 챈 지희가 고개를 드니, 낯설지 않은 얼굴의 소년이 지희의 앞에 서있었다. 지희는 그 소년이 누군지 알아차렸다. 양화당 월대 앞에서 마주쳤던 소년이었다.

소년은 지희와 눈이 마주치자 폭죽이 터지는 소리에도 아랑곳없이 지희에게 손을 내밀었다. 하지만 지희는 그 손을 잡을 수 없었다. 소년이 내민 손의 의미가 그녀를 도와주려는 것임을 알고 있었음에도 말이다.

그러자 소년은 입가에 미소를 띤 채 지희의 손목을 잡아 자리에서 일어설 수 있도록 도와주었다. 그 뒤 가까운 전각의 높은 누마루 아래 기둥 옆으로 지희를 이끌었다.

지희는 소년을 따라 누마루 아래로 향했다. 그리곤 곧바로 기둥 뒤로 몸을 숨겼다. 소년은 지희를 향해 친근한 목소리로 말했다.

"조금 있으면 끝날 거야. 끝나면 나와 함께 양화당으로 돌아가자."

지희는 자신과는 달리 관화 소리에도 놀라지 않는 소년을 물끄러미 바라보다가 기둥을 잡고 있던 손을 슬그머니 놓았다. 이상하게도 함께 있는 누군가가 관화를 무서워하지 않자, 스스로도 관화 소리가 덜 무섭게 느껴진 것이다.

소년도 그녀의 두려움이 덜해졌다는 걸 알아챘다. 소년은 천진난만한 미소를 지으며 그녀를 향해 입을 열었다.

"네가 지희지? 네가 바로 내 사촌누이 지희 맞지?"

왜란이 일어나기 1년 전 어느 여름날.

이날을 마지막으로 조선 역사를 통틀어 경복궁에서는 두 번 다시 관화가 열리지 않았다. 바로 그 마지막 관화 날, 지희는 사촌인 정원군을 처음으로 만났다.

"에휴……."

반쯤 부서진 대문을 보며 신경이 긴 한숨을 내쉬었다. 그를 위로하듯 부축하는 것은 다 자란 그의 두 아들들이었다. 그 뒤로 여종보다도 못한 옷차림을 한 지희가 보따리를 안은 채 천천히 대문을 넘었다.

집구석은 마구간보다도 더 더럽게 어질러져 있었다.

지희는 두근거리는 마음으로 집안의 곳곳을 둘러보았다. 그러나 둘러보는 동안에도 걸음은 멈추지 않았다. 그녀의 발길은 안채와 별당을 이어주는 쪽문 앞에 멈췄다.

과거 계집종 사월이만이 하루에 두 번 넘나들던 작은 쪽문은 부서져 한편에 나뒹굴고 있었다. 제자리를 잃은 쪽문을 우두커니 내려다보던 지희의 귓가에 살랑거리는 바람이 느껴지는 것과 함께 익숙한 소리가 들려오기 시작했다.

바로 별당에 걸려있는 종이 울리는 소리였다. 그 소리를 듣는 순간 지희는 울컥 터져 나오려는 울음을 참기 위해 한 손으로 입을 틀어막았다.

한성으로 돌아오는 내내 지희의 마음을 무겁게 누르고 있던 것. 그것은 바로 급한 피난길에 미처 챙겨오지 못한 어머니의 종이 무사한지에 대한 걱정이었다. 왜적은 후퇴하면서 솥에서부터 작은 수저 하나까지도 무자비하게 약탈해갔다고 했다. 지희는 긴 피난 생활 동안 혹시라도 별당에 걸린 종을 왜적들이 가져갔을까 봐 늘 노심초사하였다.

다행히도 종은 매달려 있던 그 자리에서 여전히 지희를 기다리며 소리를 내고 있었다. 지희가 지난 5년간 거의 매일 밤 꿈속에서 들었던 그 소리였다.

5년간의 피난 생활로 인해 지희의 많은 것이 변했다. 우선 그녀는 이전에는 상상할 수 없을 정도로 건강해져 있었다. 없던 병도 생긴다는 피난 생활이었다. 그 좋지 못한 생활 여건 속에서도 그녀가 건강해질 수 있었던 것은 가족들이 주는 압박감 때문인지도 몰랐다. 그녀의 부친과 두 오라버니는 그녀의 몸 상태가 조금이라도 악화된다면 언제라도 버리고 떠날 준비가 되어있는 사람들이었다. 그런 이들이라 해도 가족이라는 이름하에 끝까지 함께 하고픈 지희의 의지가 그녀를 건강

166

하게 만든 것 같았다. 그러나 사람들은 대부분, 그녀의 병이 나은 것은 왜란이 일어나기 전까지 매달 이모인 김 귀인이 보내온 내의원 탕약을 복용한 덕이라고만 생각했다.

　이유야 어찌되었든 지희는 건강을 얻었지만 전과 마찬가지로 별당을 떠나지는 못했다. 여전히 그녀는 가족들에게서 환영받지 못하는 존재였다. 건강해졌어도 달라진 것은 없었다.

　지희의 가족이 한성으로 돌아온 지도 어느덧 반년의 세월이 흘렀다.

　"하하하, 정녕 귀인 마마께서 말이십니까?"

　"저희도 알지요. 귀인 마마께서 언제나 저희 아버님께 마음 쓰고 계신다는 것을 말입니다."

　평소와는 다른 오라버니들의 밝은 목소리에 지희는 별당 누마루에 올랐다. 그곳에서는 별당 담을 넘어 안채 앞마당까지도 훤히 내다볼 수 있었다. 여전히 두 오라버니들은 지희의 건강한 모습을 보길 원치 않았다. 그 때문에 지희는 누마루를 대나무 발로 둘러치고 소리만으로 방문자를 짐작해왔다.

　그날 두 오라버니를 들뜨게 만든 이는 바로 정원군이었다.

　지희의 가족들이 한성으로 돌아왔다는 소식을 들은 귀인 김 씨가 직접 아들 정원군을 보내어 안부를 물은 것이다. 마침 신경은 외출하여 집에는 두 아들밖에 없었다.

　지희는 5년 전에 보았던 어린 미소년을 떠올리며 그들의 대화를 조금이라도 더 듣기 위해 귀를 세웠다. 그런데 거리 때문인지 아니면 대나무 발 때문인지 잘 들리지 않았다. 지희는 누마루를 둘러친 대나무 발에 귀를 바짝 갖다 대고는 더욱 신경을 곤두세웠다.

"자네들의 누이는 어디에 있는가?"

대나무 발에 귀를 갖다 대고 있던 지희가 화들짝 놀라며 대나무 발에서 귀를 떼었다. 5년 전에 들었던 소년의 목소리가 아니었다. 다 자란 사내의 굵직하고 매력 있는 목소리가 지희를 찾고 있었던 것이다.

지희의 두 오라버니들은 당황하며 말을 더듬었다.

"그게 그 아이가…… 아직 아버님의 본향에 머물고 있어서……."

"얼마 전에 죽었다던가……."

"죽었다?"

되묻는 정원군의 목소리를 들으며 지희는 길게 한숨을 내쉬었다.

마음 같아서는 당장이라도 별당을 나서서 자신의 존재를 알리고 싶었다. 특히 정원군을 이곳으로 보냈을 김 귀인에게 자신이 건강하다는 소식을 전하고 싶었다. 어머님의 정을 느꼈던 김 귀인을 다시 한 번 뵙고 싶었다.

그러나 그녀는 그럴 수가 없었다. 그것은 이 집안사람 그 누구도 바라지 않는 것이었다. 눈에 띄지 않게, 조용히 살아가는 것. 언제까지일지는 몰라도 그것만이 그녀의 가족이 그녀에게 바라는 유일한 것이었다.

"알겠네. 이모부께서 안 계시니 오늘은 이만 돌아가겠네."

정원군이 발길을 돌리는 소리가 들리자 지희는 다시 고개를 들었다. 그러나 누마루를 둘러싼 대나무 발 때문에 한 치 앞도 내다볼 수 없었다.

소리를 낼 순 있어도 말할 수는 없다.

살아 있어도 마음대로 움직일 수 없다.

매일같이 깨닫는 자신의 처지였음에도, 누군가 자신을 찾는데도 불구하고 존재를 드러낼 수 없다는 사실에 지희는 망연자실하여 누마루 위에 주저앉았다.

그때 바람이 불지도 않았는데 종이 소리를 내기 시작했다.

놀란 지희가 종이 있는 대나무 발 쪽으로 고개를 들었다. 대나무 발 사이가 벌어지더니 한 남자가 나타났다. 그가 걷어올린 대나무 발이 누마루에 걸려있던 종과 부딪히며 소리를 낸 것이었다.

햇살과 함께 나타난 그는 지희를 내려다보며 환한 미소를 지었다.

"외백부님의 말씀이 맞았구나."

그의 입이 열린 순간, 지희는 그 소리가 대나무 발 뒤에서 들었던 정원군의 목소리라는 걸 깨달았다.

"네가 죽은 듯이 별당에 머물고 있을 것이라더니. 이 사촌 오라버니가 반갑지 않더냐? 어찌 얼굴도 내밀지 않은 것이야?"

"소녀는……."

어릴 적의 모습이라고는 천진난만함이 남아있는 미소뿐. 그 외에는 모든 것이 달라진 정원군의 모습에 지희는 할 말을 잃어버렸다.

"나와 입궐하자꾸나. 어머님께서 너를 보고 싶다 하신다."

지희는 대답 대신 고개만 살짝 끄덕이며 정원군을 올려다보았다.

"너, 아직 살아있었구나?"

김 귀인을 만나고 퇴궐하려는 지희의 앞에 나타난 것은 막 입궐한 정혜옹주였다. 지난해 13세의 나이로 혼인한 정혜옹주는 매일같이 궁에 와 사치품들을 여럿 챙겼다. 왜란이 끝난 직후라 사치품을 구할 만한 곳은 궁밖에 없었다. 철없는 옹주는 왕의 총애를 받는 어머니 김 귀인을 등에 업고 국가 재정이 어려운 상황에서도 사치를 누리고 있었다.

"강녕하셨는지요."

"그래, 강녕하다."

순순히 대답을 준 정혜옹주는 무언가 떠올랐는지 지희를 비어있는 처소로 불러 앉혔다. 그리고는 자신이 챙긴 사치품이 가득 담긴 상자를 열어서는 자랑을 시작했다.

"이런 세공이 되어있는 옥비녀를 본 적이 있느냐? 오늘 전하께서 내게 내리신 것이다. 이 조선 팔도에서는 오직 나만 지닌 것이지. 전하께서 다른 옹주들과 다르게 나를 특별히 아끼신다는 뜻이다."

지희는 눈을 휘둥그렇게 뜨고는 상자 안의 귀중품들을 내려다보았다. 평생 본 적도 없는 귀한 패물들이 상자 안에 한가득이었다. 지희 역시 여인들의 화려한 패물에 시선을 빼앗겼다. 이를 눈치 챈 정혜옹주는 더욱 목소리를 높였다.

"대부분 명에서 온 귀한 것이다. 변함없이 남루한 네 옷차림을 보아하니, 평생 가도 너는 이 안에 든 노리개 하나도 갖지 못할 것이야."

정혜옹주는 자신이 가진 것을 자랑하면서 지희를 은근슬쩍 깔아내리고 있었다. 그럼에도 지희는 전혀 기분이 상하지 않았다.

전쟁이 끝나고 궐 밖에는 가족을 잃고 고아가 된 이들이 부지기수였다. 이들 중 상당수는 굶거나 또는 전염병으로 죽어가고 있었다. 이들에 비한다면 지희는 왜란 중 건강을 되찾았고, 가족들과 헤어지지도 않았으며 무사히 한성으로 돌아올 수 있었다. 그녀는 그것만으로도 충분히 만족했다.

지희는 자신과 같은 나이에 혼인까지 치렀음에도 불구하고 철이 들지 않은 정혜옹주를 쓸쓸한 마음으로 쳐다보았다. 이런 지희의 마음을 정혜옹주가 알 리가 없었다. 그녀는 열린 창밖으로 지나가는 정원군을 발견하고는 그를 불렀다.

"오라버니! 정원 오라버니!"

정원군이 돌아보자 정혜옹주는 창가에 몸을 바짝 붙이고는 목소리를 높였다.

"지희를 만나 보셨나요? 전 무수리인 줄 알았답니다. 명색이 반가의 여식인데 걸친 패물이 한 개도 없다는 게 이해가 안 되어요. 그러니 누가 지희를 보고 우리와 사촌이라 여기겠어요? 종년으로 보지 않으면 다행이지. 민망스럽고 부끄러워서 나인에겐들 지희가 사촌이라 말하겠어요?"

가던 길을 멈춘 정원군은 정혜옹주의 재잘거림을 가만히 듣고 있었다. 정혜옹주의 뒤에 앉아있던 지희는 정원군을 향해 고개를 들 수가 없었다.

지희는 정혜옹주가 가진 패물들은 전혀 부럽지 않았다. 그러나 정원군이 자신을 사촌으로서 부족하게 여길지도 모른다는 생각은 그녀의 얼굴을 화끈거리게 만들었다. 정원군은 지희의 마음을 아는지 모르는지 정혜옹주의 말이 끝나자마자 아무 말 없이 자리를 떠났다.

정혜옹주가 가마를 타고 궐을 나가는 것을 배웅하는 것으로 지희는 자유로워질 수 있었다. 그제야 지희는 자신을 기다리는 가마가 없음을 알아차렸다.

입궐할 때는 정원군이 준비한 가마를 타고 왔었다. 우연히 마주친 정혜옹주만 아니었더라도 정원군에게 말해 돌아갈 때도 가마를 탈 수 있었을 것이다. 이제 와서 가마를 타고 돌아가자고 정원군을 찾으러 가기엔, 조금 전 정혜옹주와 있을 때 보았던 정원군의 무표정한 얼굴이 그녀의 마음을 무겁게 짓눌렀다.

지희는 하늘을 올려다보며 아직 해가 떠 있다는 사실에 안도의 한숨을 내쉬었다. 다른 방도는 없었다. 홀로 밖에 나온 적은 없었지만, 스스로 돌아가는 길을 찾아야 한다고 생각했다. 지희가 들고 있던 장옷을 머리 위로 둘러쓰려고 할 때였다.

"이제 퇴궐하려는 것이냐?"

등 뒤에서 들려오는 정원군의 목소리에 놀란 지희가 고개를 돌렸다. 그곳에는 정원군과 그의 부인 구 씨가 나란히 서 있었다.

"지금 같은 때에는 가마를 이용하는 사소한 일로도 사람들의 입에 좋지 않게 오르내릴 수 있으니까요. 난이 끝난 지 얼마 되지 않았으니 말입니다."

지희는 구 씨와 한 가마에 함께 몸을 실었다.

구 씨는 내내 지희에게 정중했다. 지희는 그런 구 씨 앞에서 어쩔 줄을 몰라 하였다. 그녀는 정원군의 부인이자 고관의 여식이었다. 그에

비한다면 지희의 부친은 벼슬에도 오르지 못한 시골 향반 출신이었다.

구 씨는 지희가 자신을 불편하게 여긴다는 것을 알아차렸는지 입가에서 미소를 거두지 않았다.

"소녀가 군부인께 폐를 끼쳤습니다."

"폐라니요? 마음에 담아 두지 마세요. 저 역시 해주에서 돌아온 뒤로 부모님을 뵙지 못하여 마음이 편치 않았는데, 아가씨 덕에 오랜만에 부모님을 뵈러 퇴궐할 수 있게 되었습니다."

"제가 퇴궐한다는 것은 어찌 아셨습니까?"

구 씨가 입가에 미소를 띠며 가마의 창을 슬그머니 열었다. 창밖으로 가마와 속도를 맞추어 말을 타고 가는 정원군의 모습이 보였다.

가마의 창이 열린 것을 알아차린 정원군이 가마 쪽으로 고개를 돌렸을 때였다. 그와 눈이 마주친 구 씨가 얼굴에서 웃음을 거두더니 가마의 창을 닫았다.

"참."

마침 떠올랐다는 듯 구 씨가 무언가를 꺼내 들었다. 옥으로 만들어진 팔찌였다. 지희가 영문을 모르겠다는 얼굴로 옥팔찌를 보는데, 그녀가 지희의 손목에 그 팔찌를 끼워주었다.

"군부인!"

당황한 지희가 어찌할 줄을 몰라 하자 군부인이 웃으며 말했다.

"대감께서 아가씨께 전해드리라 한 것입니다."

"저는 받을 수 없습니다."

지희가 옥팔찌를 팔에서 빼내려 하자, 구 씨가 그 손을 살며시 잡았다.

"또한 받지 않으려 한다면 이 말도 함께 전하라 하셨습니다. 원래 이 팔찌의 주인은 다름 아닌 아가씨의 어머님이시라고요. 아가씨의 어머님이 돌아가시기 전 귀인 마마께서 잠시 가지고 계시던 것을 이젠 주인에게 돌려주는 것이니 사양치 말라 하셨습니다."

"제 어머님의 팔찌였다고요?"

"예. 그러하답니다. 그러니 선물로 주는 것이 아니라, 돌려주는 것입니다. 받으시지요."

어머니의 팔찌였다는 말에 지희는 한 손으로 팔찌를 쓰다듬듯 만져보았다. 팔찌는 그녀의 손목에서 영롱한 빛을 내고 있었다.

지희는 마음이 무거워졌다. 궐에서 정혜옹주와 있었던 일이 떠올라서였다. 굳이 이 시점에서 돌아가신 어머니의 팔찌를 돌려받게 된 것은, 정혜옹주가 말했던 것처럼 정원군 역시 자신을 사촌으로써 부끄러워하기 때문이라는 생각이 들었다.

집에 도착한 지희는 구 씨의 배웅을 받으며 가마에서 홀로 내렸다. 어느새 말에서 내린 정원군이 가마 앞에 와 있었다.

"지희야, 어머님께서 별 말씀은 없으셨느냐?"

"옹주께서 혼인하신 후 적적하시다며, 나인으로 입궐하여 곁에 있어 달라 하셨습니다."

"그리하려느냐?"

"아버님께서 허락만 하신다면…… 소녀도 그리하고 싶습니다."

"그리 되면 좋겠구나."

빙그레 웃으며 지희와 말을 주고받던 정원군의 시선이 그녀의 손목에 끼워진 팔찌로 향했다. 이를 알아차린 지희도 팔찌를 내려다보았다.

"잘 어울리는구나. 네 어머님의 것이라 하니 소중히 여기거라."

"존재 여부도 모르던 것이었는데 기억하시고 이리 돌려주시니 몸 둘 바를 모르겠습니다."

"오래전에 어머님께서 말씀하셨던 것이 문득 떠올라 그리된 것이다. 마음 쓰지 말거라."

정원군이 짧은 헛기침을 하더니 말을 세워둔 쪽으로 몸을 돌렸다. 돌아서는 정원군을 물끄러미 바라보던 지희는 저도 모르게 그를 부르고 말았다.

"정원군마마."

말을 타려던 정원군이 다시 지희를 바라보았다.

"내게 할 말이 있느냐?"

지희가 고개를 숙였다.

돌이키기에는 늦었다는 걸 알면서도 진심으로 그에게 묻고 싶었다.

"정원군마마께서는…… 소녀가 부끄러우십니까?"

"부끄럽다니? 그게 무슨 말이냐?"

영문을 모르겠다는 얼굴로 정원군이 지희에게 되물었다. 지희는 속 상함에 터져 나오려는 눈물을 애써 참으며 고개를 들어 정원군을 바라보았다.

"저와 같은 친척이 부끄럽지 않으십니까?"

정원군이 시선을 지희에게 고정한 채 턱을 살며시 들어올렸다. 지희가 하는 말의 뜻을 깨달은 것이다. 정원군은 지희의 두 눈에 고이기 시작한 눈물을 보더니 입을 열었다.

"난 단 한 번도 그리 생각한 적이 없다."

"하오나 옹주께서 하신 말씀은 옳으셨습니다. 가진 것도 내세울 것도 없는 집안입니다. 이런 제가 부끄러우신 것은 당연하시겠지요."

"철없는 정혜가 한 말이 네게 상처가 되었나 보구나. 다른 누이들과 달리 정혜가 유독 사치를 부리는 것을 전하께서 용납하시는 건, 지난날 왜란이 일어나 의주로 떠나는 길에 정혜를 함께 데려가지 못한 미안함에서 그리하시는 것이다. 그 때문에 정혜가 버릇이 좀 없구나."

정원군의 설명에 지희는 고개를 숙였다. 이번에는 정말로 고개를 들어 정원군을 볼 자신이 없었다. 자신이 이처럼 속이 좁고 옹졸했다는 사실이 부끄럽기만 했다.

"지희야."

정원군이 한층 부드러워진 목소리로 지희를 불렀다. 그러나 지희는 여전히 고개를 들지 못했다. 정원군이 그런 지희를 보며 말했다.

"내겐 너도 정혜도 다 같은 친누이다. 너는 나를 친오라버니로 생각지 아니하는 것이냐?"

자신을 친누이동생으로 생각한다는 정원군의 말에 지희가 천천히 고개를 들어올렸다. 정원군은 지희를 바라보며 입가에 미소를 머금었다. 지희의 가슴이 뛰기 시작했다.

그녀의 아버지와 두 오라버니는 단 한 번도 그녀를 가족이라고 여긴다 말한 적이 없었다. 자신을 친딸이자 친누이로 생각하지 않는 가족과 지금껏 함께 살아왔던 그녀에게는 지금 정원군의 말이 마음을 흔

드는 커다란 울림으로 다가왔다.

'가족이야.'

지희는 정원군을 응시하며 생각했다.

'김 귀인 마마도 그리고 정원군마마도 나의 가족이야.'

지희는 눈가에 가득 고인 눈물을 훔쳐내고는 정원군을 향해 환한 미소를 지었다.

발을 사이에 두고 두 남녀가 마주 앉아있었다.

안쪽에 앉은 여인은 수틀을 펼쳐놓고 매화를 수놓고 있었다. 맞은편에 앉은 사내는 누마루에 걸린 종 소리를 들으며 대나무가 그려진 합죽선을 펼쳐 부채질을 하고 있었다.

그들은 다름 아닌 정원군과 지희였다.

정원군은 종종 시간이 날 때마다 지희를 찾아왔다. 이처럼 정원군이 지희를 찾아오게 되자, 그녀의 두 오라버니는 더 이상 그녀에게 험한 말을 퍼붓지 않았다. 사실 계속 그런다고 해도 지희는 상관이 없었다. 그녀에게 아픈 상처만을 주었던 가족 이외에도 행복을 주는 더 많은 가족들이 생겼기 때문이었다.

"그래서 종이는 새 보모상궁과 잘 지내고 있답니까?"

"너무 잘 지내 걱정이구나."

"잘 지내 걱정이시라니요?"

지희가 수놓던 손을 잠시 멈추고 고개를 들었다. 발에 난 수많은 잔구멍들 사이로, 열려있는 창문 쪽으로 고개를 돌리고 있는 정원군의 얼굴선이 확연하게 보였다.

그는 창문 밖, 이곳에서는 보이지 않는 어딘가를 마음속으로 그리는 것 같았다.

"글쎄다. 새 보모상궁이…… 훗."

정원군의 이야기를 들으며 다시 수틀로 고개를 돌리려던 지희가 눈을 크게 떴다. 정원군의 입에서 흘러나온 웃음 때문이었다. 그는 평소에 미소만 지을 뿐 소리를 내어 웃은 적은 없었다. 그런 그가 종이의 보모상궁 이야기를 하며 짧게나마 웃음소리를 낸 것이다.

다시 잔구멍 사이로 정원군의 얼굴을 보며 지희는 고개를 갸우뚱했다. 무엇을 생각하고 있는 것인지 정원군의 눈이 부드러운 곡선을 그리고 있었다.

"오라버니?"

지희가 발 너머의 정원군을 불렀다. 그러자 정원군이 다시 지희에게로 고개를 돌리며 들고 있던 합죽선을 접었다. 그러나 정원군의 눈은 발 너머에 앉아있는 지희를 향하고 있지 않았다.

"보모상궁이라 하나 한낱 궐의 나인일진대 여러모로 마음이 쓰이는구나."

"종이의 보모상궁이 아닙니까. 그러니 마음이 쓰이시는 것이겠지요."

"그렇겠지……."

말끝을 흐리는 정원군의 시선이 다시 창밖을 향했다.

지희는 그 모습을 보다가 뒤늦게 깨달았다. 정원군이 응시하는 곳은 다름 아닌 행궁이 있는 방향이었다.

그로부터 수년의 세월이 흘렀다.

양화당 복도 앞에 항아의 옥색 저고리와 남색 치마를 입은 지희가 섰다. 그러자 양화당의 지밀나인이 문이 닫힌 안쪽을 향해 목소리를 내었다.

"나인 신 씨 들었사옵니다."

문이 열리고 지희가 조심스레 발걸음을 옮기며 들어섰다.

그 안에는 왕과 함께 인빈이 앉아있었다. 왕은 다소곳한 걸음으로 들어선 지희를 흡족한 얼굴로 바라보며 말했다.

"앉거라."

만족스러운 얼굴로 지희의 이곳저곳을 살펴보는 왕과는 달리 인빈은 쓴 약을 들이켠 것 같은 얼굴이었다.

지희가 자리에 앉자 왕이 입을 열었다.

"네가 인빈의 질녀이냐."

"그러하옵니다."

"입궐한지는 얼마나 되었느냐?"

"오늘로 꼭 두 달이 되옵니다."

"두 달이라……. 허나 몸가짐은 십수 년을 궐에서 보낸 나인과 다를 바 없구나."

왕의 말이 끝나기만을 기다린 인빈이 나섰다.

"전하. 보시다시피 오랫동안 병을 앓아 몸이 허약한 아이이옵니다."

"조금 마르긴 하였으나, 과인이 보기에 혈색도 좋은 것이 건강해 보이는구나."

"전하."

평소의 인빈답지 않게 그녀는 임금의 앞에서 인상을 곱게 펴지 못하고 있었다. 지희는 그 점이 이상하다고 생각하였다.

그때 임금이 말했다.

"과인은 너를 세자의 후궁으로 보내고자 한다."

왕의 말에 놀란 지희가 고개를 들었다.

이제 그녀의 앞에 또 다른 운명이 기다리고 있었다.

〈지희 이야기〉 마침.

가을꿈(秋夢)

고모는 시간여행자 집안 출신 치고는 상당히 시간여행에 반감을 가진 듯한 태도다.
말투에서 그것이 너무나도 짙게 느껴졌다.
"고모도 시간여행을 하신 적이 있으세요?"
"물론이지. 나에게는 끔찍한 기억이었지만."

1995년 가을.

"오빠. 나 쌍둥이를 낳았어."

수화기 너머로 들려오는 영아의 목소리에 영찬은 말을 잃어버렸다. 말로 표현하기 어려운 복잡한 감정들이 그를 뒤덮었다. 수화기 건너편의 먼 미국 땅, 그곳에 살고 있는 영아가 아이들을 낳았다. 아버지가 살아계셨더라면 이 소식을 듣고 무어라 말씀하셨을까? 늘 과묵하고 무섭던 아버지를 영아는 어려워했다.

"그래? 축하해……. 이름은 지었어? 영어로?"

"한글 이름도 지어 놓은 게 있어."

"뭔데?"

"남자애는 재명. 여자애는 재인이야."

영아의 입에서 아이들의 이름을 듣는 순간, 영찬의 머릿속에 어떤 기억들이 하나둘씩 떠오르기 시작했다.

'내 이름은 김재인이에요. 내가 찾고 있는 오빠는 김재명이고요.'

"……!"

그것은 몇 년 전의 기억이다. 영찬이 고려시대에서 만났던 여자아이의 기억.

그러나 그 기억들은 조금 전 영찬이 영아로부터 두 아이의 이름을 듣기 전까지는 전혀 존재하지 않았던 것들이었다.

이 기억은 어떻게 생겨나게 된 것일까?

"오빠? 오빠?"

"어……. 그래, 말해."

"말하기는. 여하튼 난 최대한 빨리 소식 전했다. 누구처럼 혼인신고부터 하고 한참 지난 뒤에 알리지 않았다고. 대체 어떤 여자인지 사진이라도 보내달라니까, 그것도 보내주지 않고. 왜 그렇게 꽁꽁 숨겨두는 거야. 응?"

"사진 찍는 걸 좋아하지 않는 사람이라……."

"됐어. 언젠간 기회가 되면 볼 수 있겠지. 여하튼 다시 연락할게."

영아가 전화를 끊으려 하자 영찬이 재빨리 물었다.

"한국에 들어올 생각은 없니?"

"……."

잠시 수화기 너머에서는 아무런 답이 들려오지 않는다. 그러나 곧 영아는 짧은 한숨을 내쉬며 무거운 목소리로 말했다.

"난 한국에 돌아가지 않을 거야. 절대로."

단 한마디에 두 남매만이 알고 있는 모든 사연이 담겨 있었다. 영아는 여전히 잊지 못하고 있다. 어쩌면 영찬도 마찬가지일지도 모른다. 지워버릴 수 없는 기억. 지울 수만 있다면 모두 지워버리고 싶은 기억. 그들 남매는 그런 기억을 함께 가지고 있다. 한 사람은 한국에서, 다른 한 사람은 머나먼 미국에서……. 그것은 시간여행자의 피가 흐르는 자들의 공통된 숙명일지도 모른다.

"……알았어. 건강해."

뚜뚜뚜…….

영찬의 말이 끝나기가 무섭게 전화는 끊어졌다. 영찬은 수화기를 조심스럽게 내려놓으며 어두운 표정으로 힘없이 눈을 깜빡였다. 그의 기억 속, 그 기억 속에 영아가 말한 아이들이 있었다. 영찬은 되새김질하듯 기억을 돌아보았다. 오늘 미국에서 태어난 그 아이들이 어떻게 성년의 모습으로 영찬의 기억 속 고려시대에 존재하게 된 것일까?

고려의 수도 강도(江都).[1]

오늘 강도의 아침 공기에는 평소와 다른 그 무엇이 있었다. 오늘 밤 선원사(禪原寺)[2]에서 열리는 팔관회 때문이었다.

---

1 강화도의 다른 이름. 고려 고종 19년(1232)에 몽고의 침입으로 개경에서 강화도로 도읍을 옮긴다. 이후 고려 원종 11년(1270)에 개경으로 환도(還都)할 때까지 39년간 강화도는 고려의 임시수도였다.

팔관회는 나라의 안녕과 복을 빌기 위해 매년 열리던 불교 행사였다. 그러나 고려의 황제가 몽골의 침략을 피해 수도를 개경에서 강도로 옮긴 후, 팔관회는 아주 오랫동안 열리지 않았다. 그러나 올해만큼은 달랐다. 문하시중 김준의 청을 황제가 받아들이면서, 올해 강도에서 팔관회가 열리게 된 것이다.

팔관회가 열린다는 소식에 강도의 백성들은 열렬히 환호했다. 백성들은 팔관회 기간 동안 몽골과의 오랜 전쟁으로 침체된 분위기에서 벗어나길 간절히 바랐다.

"소연아!"

상장군 임유성의 저택. 강도에 위치한 이곳에서 이른 아침부터 큰 소리를 내는 소녀가 있었다. 묵직한 철제 갑옷을 입고서도 날렵하게 걸어 다니는 그녀는 바로 영찬의 동생 영아였다. 그녀는 남자들이 입는 갑옷을 걸친 것도 모자라 허리까지 내려오는 긴 머리를 사내처럼 하나로 올려 묶고 있었다. 여기에 허리에는 기다란 검까지 찼다.

"소연아! 어디 있어?"

영아가 찾는 하녀 소연은 유성의 서재에 있었다. 케케묵은 책들 사이사이에 쌓인 먼지를 털어내느라 분주한 그녀는 영아가 자신을 찾는 소리를 듣지 못했다. 하지만 영아는 익숙한 걸음으로 집안 구석구석을 돌아다니다 마침내 서재에 있는 소연을 찾아냈다.

"여기 있었구나!"

---

2 강화도에 있던 절. 고려 고종 때에 무신 최우가 창건하였으며, 고려왕조실록과 오늘날 해인사에 있는 팔만대장경을 보관하기도 하였다.

"영아 님?"

"어서, 어서 와!"

"예?"

"일단 나 좀 따라오라고!"

"아, 예에……!"

다짜고짜 소연의 손목을 낚아챈 영아가 그녀를 서재 밖으로 이끌었다. 영아가 소연을 데리고 향한 곳은 손님들이 오면 묵는 방들이 모인 곳이었다. 영아는 그곳에서 가장 큰 방으로 소연을 데리고 들어가더니 문을 꼭꼭 닫았다.

"무슨 일이신데요?"

"이거!"

영아가 방 한가운데에 놓인 탁자로 다가가더니 탁자 위에 놓인 커다란 보자기를 가리켰다. 소연이 영아의 곁으로 다가가 보자기를 풀었다. 보자기 안에서는 여인이 입는 비단옷이 들어있었다. 그런데 한 눈에 보아도 상당히 고급품이었다. 또 새겨진 무늬들은 왕실 여인들이나 입을 법하게 정교하고 화려했다.

"와……."

소연은 감탄하며 부러운 듯 옷을 만지작거렸다. 오랫동안 하녀 일을 하면서 많은 여주인을 섬겼지만 이처럼 좋은 옷은 소연도 처음 보는 것이었다. 그런데 여인이라면 모두 가지고 싶어 할 정도의 옷을 두고 영아는 울상이었다.

"영아 님 거예요?"

"맞아. 영찬 오빠 짓이 분명해. 오늘 아침에 누가 나한테 이걸 보내왔지 뭐야."

영아는 한숨을 푹푹 내쉬었다. 소연은 이해할 수 없다는 표정을 지었다.

"팔관회를 맞이해서 영찬 나으리가 선물하신 것 같은데요. 안 그래도 팔관회에서 폐하를 뵐 때 치마를 입으셔야 한다면서 걱정 많이 하셨잖아요. 이 옷을 입고 가시면 될 것 같은데요? 이 옷을 입으면 고려의 모든 여인들이 영아 님을 부러워할 거예요. 또 사내들은……."

"바로 그거야!"

영아가 탁자를 탁 치며 그 위에 걸터앉았다.

"네?"

"이걸 쪽팔리게 어떻게 입냐고? 그것도 사내들 앞에서! 난 신의군[3]을 맡은 대장군이라고. 이 자리에 오르기까지 얼마나 개고생을 했는지 너도 잘 알잖아."

"그런데요?"

"내가 이런 치마를 입고 나타난다면 신의군 장군들과 병사들이 대체 날 뭘로 보겠냐고? 아마 날 계집애 취급을 하면서 우습게 볼 거야! 내 말을 듣지 않을 거라고!"

끔찍한 현실을 눈앞에 둔 얼굴의 영아와는 달리 사연을 들은 소연은 황당하다는 표정이었다.

---

3 신의군(神義軍)은 고려의 군대인 삼별초 중 하나로 몽골에 포로 잡혔다가 풀려난 병사들로 이루어진 군대다.

"별 걱정을 다 하시네요."

소연은 탁자 위에 앉아있던 영아를 이끌어 청동 거울 앞에 세웠다. 그리고 그녀의 뒤로 다가가 입고 있던 갑옷을 벗기기 시작했다.

"뭐하는 거야?"

"일단 입어보세요. 조금 크거나 작으면 지금 수선해야 이따 팔관회가 열리는 저녁 전에 입으실 수 있을 테니까요."

"싫어! 싫어! 계집애처럼 이런 옷을 입고 병사들 앞에 서진 않을 거라고! 이건 지옥이야!"

계속되는 영아의 투정에도 소연은 넉살좋게 웃으며 말했다.

"진짜 지옥은 여인이 여인답게 굴지 않고 사내들처럼 남장이나 하고 돌아다니는 거라고요."

영아가 소연을 흘겨보았다.

"지금 나를 말하는 거지?"

"글쎄요."

소연은 피식 웃으며 영아가 갑옷 안에 입고 있던 남장까지 모두 벗겼다. 사내들이 입는 옷을 모두 벗기자, 그 안에 숨겨져 있던 영아의 봉긋한 가슴과 날씬한 허리. 매끈한 다리가 드러났다. 소연은 그 위에 영아가 가져온 옷을 입혔다. 또 최신 유행에 맞추어 허리끈을 바짝 조이는 것도 잊지 않았다.

"이상해, 이상하다고."

소연이 옷을 입혀주는 것을 거울을 통해 바라보던 영아가 중얼거렸다. 그러자 소연이 고개를 강하게 내저으며 말했다.

"이상하긴요? 딱 보아도 황실의 공주님 같은데. 물론 하나가 더 필요하긴 하지만요."

"하나 더?"

소연이 남자처럼 올려 묶은 영아의 머리를 풀었다. 그러자 긴 머리가 찰랑거리며 영아의 어깨 뒤로 흘러내렸다. 소연은 영아의 뒤로 한 걸음 물러서며 만족스런 표정으로 영아를 쳐다보았다. 머리를 약간 더 매만져야 하겠지만, 지금 이 상태로 팔관회에 가더라도 영아는 수많은 고려 사내들의 눈길을 사로잡을 만큼 매력 있고 아름다운 여인이었다.

그러나 영아의 반응은 달랐다. 영아는 끔찍하다는 얼굴로 거울 속의 자신을 바라보았다.

"이건 아니야. 정말 아니라고."

"아름다워요. 절 믿으세요."

"난 아름다우면 안 되는 대장군이라고!"

"오늘 하루쯤은 상관없어요."

"난 상관있어. 내가 쌓아올린 대장군으로서의 위엄이 모두 무너질 거라고."

"안 그래요."

"아니라니까!"

결국 소연이 졌다는 듯 길게 한숨을 내쉬었다.

"가리개를 가져다 드릴게요. 가리개를 하고 가면 장군들 눈에 띄지 않겠죠?"

"바로 그거야!"

영아의 표정이 밝아지는 것을 본 소연은 또 한 번 한숨을 내쉰 후 밖으로 나왔다. 밖으로 나온 소연은 상류층 여인들이 외출할 때 얼굴을 가리는 용도로 사용하는 검은 가리개를 찾아서 다시 영아가 있는 방으로 향했다.

"?"

돌아온 소연은 방문 앞에 서 있는 한 사내를 발견하고는 눈을 크게 떴다. 상장군 유성이었다. 그는 손에 무언가를 든 채 방문 앞을 서성이고 있었다. 소연은 그의 손에 들려있는 것이 여인들이 머리를 묶고 장식할 때 쓰는 끈이라는 걸 알았다. 그런데 유성의 손에 들린 끈에 새겨진 무늬가 왠지 모르게 익숙했다. 그것은 조금 전 영아가 입은 옷과 같은 무늬였던 것이다.

'설마…… 영아 님께 옷을 선물한 사람이 영찬 나으리가 아니라…….'

"으으으! 이건 아니야! 이걸 입고 갈 순 없다고! 절대!"

그때 방 안에서 영아가 혼자 내지르는 비명이 들려왔다. 문 앞을 서성이던 유성이 깜짝 놀라 주변을 둘러보다 소연을 발견하고는 서둘러 그녀의 옆을 지나쳐 자리를 벗어나려 했다.

"흠흠."

하지만 소연이 헛기침을 하며 유성의 앞길을 막았다. 유성이 이유를 모르겠다는 얼굴로 소연을 쳐다보자, 소연은 한 손을 유성의 앞으로 내밀며 또 한 번 헛기침을 했다.

"흠흠."

유성이 얼굴을 슬쩍 붉히더니 들고 온 머리끈을 소연에게 건네주고 자리를 떠났다. 소연은 슬쩍 입 꼬리를 당겨 웃고는 방안으로 돌아왔다.

"오오! 가리개!"

영아가 소연이 가져온 가리개를 보고 반가운 표정으로 달려왔을 때였다. 소연은 가리개를 뒤로 감추며 영아에게 말했다.

"가리개를 하시기 전에 해야 할 게 있어요."

"그게 뭔데?"

"일단 앉아보세요."

소연은 영아를 거울 앞에 강제로 끌어 앉히고는 그녀의 머리를 매만 져주기 시작했다. 영아가 투덜거리며 소연에게 말했다.

"어차피 가리개로 가려서 아무도 볼 일 없는 머리를 왜 만지는데?"

"여인에게 머리모양은 목숨과도 같다고요."

그러면서 소연은 은근슬쩍 유성에게 받아낸 머리끈으로 영아의 머리를 묶기 시작했다. 영아는 그 틈을 빌어 소연이 뒤로 감춘 가리개를 빼앗았다. 가리개를 이리저리 만지며 어떻게 얼굴을 가릴까 고민하는 영아를 바라보며 소연이 입을 열었다.

"그런데 영아 님. 그거 아세요?"

"뭐?"

"사내가 여인에게 머리끈을 선물하는 이유요."

"선물에 이유가 필요해?"

영아는 가리개를 살펴보며 설렁설렁 소연의 말을 받았다. 소연이 영아 모르게 짧은 한숨을 내쉬며 말했다.

"고백의 의미예요. 나는……."

'……당신을 좋아하고 있습니다.'

"아! 이렇게 하면 되겠다! 이러면 머리부터 어깨까지는 확실히 가려지겠어. 왜 고려에는 장옷 같은 게 없는 거야."

가리개만 쳐다보며 투덜대는 영아를 보며 소연은 웃음으로 말을 마무리 지었다.

"나 안 보이지? 이렇게 가리니까 나로 안 보이지?"

마차에 올라타면서도 영아는 재차 소연에게 묻고 또 물었다. 소연은 웃으며 고개를 끄덕여주었다. 검은 가리개로 머리도 가리고 얼굴도 가렸지만, 그렇게 해서도 감출 수 없는 매력이 영아에겐 있었다. 영아는 모르겠지만, 그녀가 이대로 팔관회가 열리는 선원사에 도착한다면 모든 사람들의 이목을 끌 것이다.

"다녀오세요."

영아가 탄 마차가 선원사를 향해 출발하는 것을 확인한 소연은 한숨을 쉬었다. 영아가 탄 마차를 비롯해서 많은 마차와 말들이 선원사로 향하고 있었다. 그러나 그곳에 소연은 함께할 수 없었다. 하녀인 그녀에게는 팔관회에 입고 갈 깔끔한 옷 한 벌이 없었던 것이다.

'난 이곳에서 마음으로 나라의 안녕을 빌면 되지 뭐.'

소연은 모두가 선원사로 떠난 뒤 조용해진 저택에서 홀로 자기 방으로 돌아왔다. 그런데 이상했다. 분명 불을 켜둔 적이 없는데, 어둠이 찾아온 이 시간 그녀의 방안에는 여러 개의 촛불이 환하게 켜져 있었다. 소연은 재빨리 문을 열고 방으로 들어갔다.

"아니, 이건……."

고운 비단옷이 침대 옆 옷걸이에 걸려 있었다. 그녀의 옷은 분명 아니었다. 소연이 의문을 품은 채 옷이 걸려있는 옷걸이 앞으로 다가갔을 때였다.

"소연아."

뒤에서 들려오는 익숙한 음성에 소연이 뒤를 돌았다. 영찬이 웃는 얼굴로 서서 소연을 바라보고 있었다.

"영찬 나으리……."

"마음에 들어?"

"네?"

"그 옷. 네 옷이야."

소연이 놀란 얼굴로 다시 비단옷으로 시선을 돌렸다.

"이 옷이…… 제 옷이라고요?"

자신이 태어나서 지금까지 가졌던 옷들 중에서는 가장 곱고 좋은 옷이었다. 하지만 옷은 신분을 나타낸다. 하녀인 자신은 이런 예쁘고 좋은 옷을 입을 수 없었다.

"마음에 들어? 어서 입어봐. 그 옷을 입고 나와 팔관회에 가자."

"하지만 전…… 이런 옷을 가질 수 없는 걸요. 이런 좋은 옷을 입고 팔관회에 간다면 많은 이들이 저를 비웃거나 꾸짖을 거예요."

그러자 영찬이 울적해하는 소연에게 자신 있게 말했다.

"그러면 네가 그 옷을 입었다는 사실을 아무도 모르면 되는 건가?"

"아무도 모르게요? 어떻게요?"

선원사 인근 야산.

오늘은 강도의 모든 사람들이 팔관회가 열리는 선원사에 모였기 때문에 이곳에서는 사람의 그림자를 찾아볼 수 없었다. 영찬은 소연을 이곳으로 데려왔다. 그리고 야산 중턱의 커다란 바위 위까지 소연의 손을 잡고 올랐다.

"보여?"

영찬이 자랑스럽게 산 아래를 가리키며 소연을 돌아보았다. 이 야산의 바위 위에서는 선원사의 모습이 가장 잘 내려다보였다. 특히 수많은 연등이 깔려있는 선원사를 산 위에서 바라본 모습은 그 어디에서도 볼 수 없는 장관이었다.

"와아!"

감탄한 얼굴로 눈을 반짝이는 소연을 보며 영찬도 해맑게 웃었다.

"이 장소를 찾으려고 며칠 전부터 얼마나 고생했는지 몰라."

"너무…… 좋아요. 너무 감사해요, 영찬 나으리."

"자. 여기 앉아."

영찬이 미리 준비해둔 천을 깔아 자리를 만들었다. 소연은 영찬과 나란히 앉아 선원사를 내려다보았다. 어느 순간 영찬이 소연을 돌아보았을 때, 소연은 두 손을 모은 채 간절히 기도를 하고 있었다. 잠시 후 고개를 든 소연과 눈을 마주친 영찬이 물었다.

"뭐한 거야?"

"부처님께 기원했어요."

"뭐를?"

"고려의 안녕과 평화요. 전쟁이 다신 일어나지 않게 해달라고도 빌었어요. 그리고……."

"또?"

"영찬 나으리의 건강도 복도 빌었어요. 오늘 이렇게 좋은 옷을 입고 제가 나들이를 할 수 있게 해주셔서 너무 고마워요. 오늘 밤은 절대 잊지 않을 거예요. 정말 고맙습니다, 나으리."

"……."

아이처럼 웃으며 연신 인사를 하는 소연을 보며 영찬이 눈을 흘겨 떴다.

"언제나 고맙다, 고맙다. 난 네 주인이 아니야. 네 연인이라고 했잖아. 네 남자친구. 그런데도 넌 내게 고맙다는 말을 입에 달고 사는구나."

소연이 당황하며 물었다.

"기분 상하셨어요?"

영찬은 일부러 인상을 쓰며 말했다.

"음. 엄~청 상했지! 하나뿐인 여동생은 귀신도 잡는다는 신의군의 대장군이지, 하나뿐인 여자 친구는 여우 짓이라고는 눈곱만치도 모르는 순댕이……."

영찬의 말이 끝나기도 전이었다.

"쪽."

소연이 영찬의 볼에 입술을 갖다 대며 쪽, 소리를 낸 것이다. 순식간에 벌어진 일에 영찬의 얼굴이 붉게 달아올랐다.

"너, 너! 대체 뭐한 거야?"

소연은 능청스럽게 웃으며 대답했다.

"뽀뽀요."

"뽀뽀? 네가 뽀뽀를 어떻게 알아?"

소연이 배시시 웃으며 말했다.

"영아 님께 배웠어요. 영아 님이 말씀하시기를 여인이라면 여우 짓을 할 줄 알아야 한대요. 그러면서 이렇게 하면 영찬 나으리가 엄청 좋아하실 거라고 했어요."

"너…… 위험한 여자였구나."

소연은 여전히 천진난만하게 웃고 있었다. 반대로 영찬은 붉어진 얼굴로 소연과 눈도 제대로 맞추지 못하고 있었다.

"제가 이러는 게 싫으세요?"

영찬이 손을 내저으며 말했다.

"이건 싫고 좋고의 문제가 아니야. 아무 남자에게나 이러면 절대 안 된다고! 명심해, 이런 건 반드시 나한테만……."

"쪽."

소연의 또 한 번의 기습공격에 영찬은 이제 숨도 제대로 쉬지 못하는 듯한 얼굴이 되어버렸다. 소연은 고개를 갸웃거리며 웃을 뿐이다. 결국 영찬도 소연을 당해내지 못하겠다는 듯 웃었다.

"넌 정말……."

그들은 한참 동안 서로를 바라보며 소리 내어 웃었다. 웃음이 그친 후, 영찬이 슬그머니 소연의 손을 잡았을 때였다. 멀리 떨어지지 않은 곳에서 영아의 우렁찬 목소리가 산을 울렸다.

"김영찬! 어디 있어? 분명 이곳으로 올라갔다는 말을 듣고 온 거야! 당장 나와!"

"으……. 김영아!"

영찬이 이를 가는 소리를 내며 앉아있던 자리에서 벌떡 일어섰다. 소연도 영찬의 뒤를 따랐다. 그들은 어둠이 짙게 깔린 숲속을 횃불 하나를 든 채로 당차게 걸어가는 영아를 발견했다.

"가봐야겠어. 이 밤에 여자애가 겁도 없이 산을 혼자 오르다니!"

영아에게로 가려는 영찬을 소연이 붙잡았다.

"저기 보세요."

"응?"

소연이 가리킨 곳에는 영아의 뒤를 천천히 따라가는 한 사내가 있었다.

"유성이잖아?"

"그러니 걱정하실 필요는 없을 것 같아요."

소연은 낮에 있었던 일을 떠올리며 묘한 웃음을 지었다.

"아니지, 오히려 더 걱정해야지. 차라리 호랑이가 낫지, 사내라니!"

"제가 보기에는 영찬 나으리보다는 상장군님이 더 믿음직한데요?"

영찬이 소연을 의심스러운 눈길로 바라보며 말했다.

"뭐? 소연이 너, 은근히 유성을 칭찬한다? 이거이거 수상해지는데?"

"제가 오랫동안 곁에서 모셨으니까 잘 안다는 거죠. 여인 문제는 그 누구보다도 깔끔하신 분이시거든요."

"흐음……."

"왜요?"

"질투나."

"질투요?"

"혹시 이것도 여우 짓이야?"

소연이 영찬의 귓가에 대고 작게 속삭였다.

"맞춰보세요, 나으리."

나리종합병원 산부인과 병동.

"소연아."

병실의 문을 열고 들어서던 영찬은 창가에 서 있던 소연을 발견하고
는 환하게 웃었다. 영찬의 목소리가 들리자 돌아선 소연은 배는 만삭
이었다.

"기다리고 있었어?"

소연은 고개를 끄덕이며 활짝 웃었다.

"저……. 나으리. 지금이 가을이잖아요."

영찬의 부축을 받으며 창가 의자에 앉은 소연이 입을 열었다.

"그런데?"

"그날 밤이 떠올랐어요."

"그날 밤?"

"팔관회 날이요. 제게 옷을 선물해 주셨죠. 또 산에서 선원사를 내려
다보았고요."

"거기에 영아가 있었지."

영찬이 소연의 말을 받았다. 그러자 소연이 고개를 끄덕이며 말했다.

"상장군님도 계셨어요."

상장군의 이야기에 영찬의 얼굴에서 웃음이 사라졌다. 이를 알아챈 소연이 물었다.

"무슨 일이 있으세요?"

영찬이 고개를 저었다.

"아니……. 그게, 여기 오기 전에 영아와 통화를 했어."

"영아 님과요? 어떻게 지내신대요?"

"놀라지 말고 들어. 오늘 아이를 낳았대. 근데 쌍둥이래. 아들과 딸."

"정말요?"

소연은 기뻐하며 부른 배를 쓸었다.

"우리 아이에게 사촌이 둘이나 생겼네."

기뻐하는 소연을 보면서도 영찬은 웃을 수 없었다. 곧 소연이 고개를 들어 영찬에게 물었다.

"영아 님을 뵙고 싶어요."

"응?"

"언제까지 다른 나라에 계신대요? 이곳에는 안 오신대요?"

영찬이 무거운 표정으로 입을 열었다.

"소연아. 영아는 이 나라로 돌아오지 않을 거야."

"네?"

"난 아직도 영아에게 네가 죽지 않고 살아있다는 사실을 말하지 못했어."

"왜죠? 이제 많은 시간이 흘렀잖아요. 영아 님도 새로운 사람을 만났고 아이들도 낳았잖아요."

"지금의 영아가 있게 한 선택은…… 영아가 원한 것이 아니었거든. 난 처음부터 영아에게 단 하나의 선택만을 강요했어."

'영아는 자신이 사랑하던 사람을 스스로 보내야 했다. 놓아줘야만 했다. 그러나 나는 그녀를 놓지 못했다.'

영찬은 영문을 모르겠다는 얼굴로 자신을 뚫어져라 응시하는 소연과 눈을 맞췄다. 눈빛만으로도 그 마음이 전해지는 것일까? 소연은 결국 영찬에게서 눈을 돌리며 창밖으로 시선을 주었다.

"그 분은…… 어떻게 지내고 계실까요?"

영찬이 소연의 손을 잡으며 말했다.

"그것에 대해서 할 말이 있어."

소연이 고개를 돌려 영찬을 바라보았다.

"무슨 말이요?"

"사실 난 너를 이곳으로 데려오고 또 영아를 데리러 고려에 갔던 뒤로는 다시는 고려에 간 적이 없어. 하지만 나의 과거에 새로운 기억들이 나타나기 시작했어. 오늘 아침까지도 존재하지 않았던 일들이 만들어진 거야."

"어떻게 그런 일이 일어난 거죠?"

"영아가 낳은 아이들의 이름을 들은 직후야. 특히 재인이."

"재인?"

"영아가 낳은 딸이야. 그 아이의 이름을 영아에게서 듣는 순간, 난

내 기억, 내 과거 속에서 그 아이를 만났다는 것을 깨달았어."

"영찬 나으리가 영아님이 낳은 딸을 과거에서 만나셨다고요?"

"그래. 그리고 그 아이…… 그러니까 재인이가, 유성의 곁에 있었어."

"!"

소연이 놀라며 한 손으로 입을 가렸다. 영찬은 의자 곁 바닥에 한쪽 무릎을 대고 소연을 올려다보며 말했다.

"우리들의 이야기는 우리가 고려를 떠나오면서 모두 끝나버렸지. 하지만 소연아. 우리 다음 세대의 이야기는 이제부터 시작인지도 몰라."

영찬의 말을 들은 소연이 부른 배 위에 손을 올렸다. 그녀의 손이 닿은 곳에서 태동이 느껴졌다.

'역사의 흐름 속. 그 한가운데에 우리들의 젊은 날들이 있었다. 이제는 다시 돌아갈 수 없는 그 시대에…….'

〈가을꿈〉 마침.

《광해의 연인》과 당대 역사

1575년 | 광해군 탄생.

1577년 | 공빈 김 씨 사망.

1580년 | 정원군 탄생.

1587년 | 문성군부인 유 씨, 광해군과 혼인하여 정1품 군부인에 봉해지다.

1589년 | 10월 2일. 기축옥사(정여립 옥사).

1590년 | 정원군과 연주군부인 구 씨 혼인.

1592년 | 4월 13일. 임진왜란 발발.
　　　　　 4월 29일. 광해군 세자 책봉.
　　　　　 6월 14일. 광해군의 분조 발족.
　　　　　 7월 24일. 임해군과 순화군 함경도 회령에서 포로로 잡히다.
　　　　　 9월 19일. 경민 아버지 김영찬 함경도 회령에서 사망.
　　　　　 12월 8일. 신성군 이후 사망.

1593년 | 4월. 서울 탈환.
　　　　　 6월. 임해군과 순화군 방면.
　　　　　 10월. 조정이 서울로 돌아오다.
　　　　　 11월. 세자가 서울로 돌아오다.

1595년 | 이종(인조) 해주의 관사에서 탄생.

1597년 | 5월. 정유재란 발발.

1598년 | 11월. 노량해전. 정유재란 종료.
　　　　12월. 광해군의 장남 이지(廢世子 李祬) 탄생.

1599년 | 12월. 경민, 종이의 보모상궁이 되다.

1600년 | 6월 27일. 의인왕후 승하.
　　　　경민, 수라간 나인이 되다.

1601년 | 경민. 양화당 퇴선간 나인이 되다.
　　　　광해군, 경민과 재회하다.

1602년 | 경민, 두창에 걸리다.
　　　　7월 13일. 인목왕후 김 씨 왕비 책봉.

1603년 | 5월 19일. 정명공주 탄생.
　　　　경민, 양화당 지밀나인이 되다.
　　　　정원군과 경민, 제주로 유배되다.

1604년 | 이명 탄생.

1606년 | 3월 6일. 영창대군 탄생.

1608년 | 2월 1일. 조선 14대 임금 선조 승하.
　　　　2월 2일. 조선 15대 임금 광해군 즉위.

정원군과 경민 사면. 서울로 돌아오다.
2월, 임해군의 옥사. 임해군 강화로 유배되다.

1609년 | 4월 29일. 임해군이 졸하다.
6월 2일. 명나라로부터 국왕 책봉 교서 받다.
가을. 경민 입궐하다. 원빈의 빈호를 받다.

1610년 | 광해군, 원빈 노 씨(경민)과 혼례.
능양군 이종, 청성현부인(인열왕후)과 혼례.
광해군의 장남 이지 세자 책봉.
공빈 김 씨를 공성왕후로 추숭하다.

1611년 | 8월 2일. 이이첨의 외손녀 박 씨를 세자빈으로 삼다.
10월 11일. 정릉동 행궁을 경운궁이라 명명하다.

1612년 | 2월 22일. 김직재의 옥사.
능풍도정 이명 사망.

1613년 | 계축옥사.
6월 1일. 연흥부원군 김제남 사사(賜死)되다.
8월 2일. 영창대군 이의 강화도에 위리안치되다.
10월 29일. 인빈 김 씨 사망.
원빈 노 씨, 사라지다.

1614년 | 2월 10일. 영창대군, 강화도 유배지에서 사망.

1618년 | 1월. 인목대비 폐위. 서궁(경운궁, 지금의 덕수궁)으로 유폐되다.

1619년 | 정원군 사망.

1623년 | 3월 12일. 인조반정.
3월 14일. 광해군 폐위.
조선 16대 임금, 인조 즉위.
광해군, 강화도로 유배.
6월 25일. 폐세자 이지, 강화도 유배지에서 자결.

1637년 | 광해군, 제주로 이배.
광해군, 경민과 재회.(63세)

1641년 | 7월 1일. 광해군 제주 유배지에서 승하.

선조의 가계도

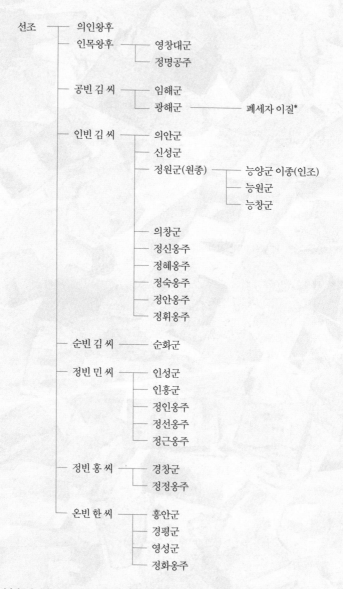

선조 ─┬─ 의인왕후
　　　├─ 인목왕후 ─┬─ 영창대군
　　　│　　　　　　└─ 정명공주
　　　├─ 공빈 김 씨 ─┬─ 임해군
　　　│　　　　　　　└─ 광해군 ──── 폐세자 이질*
　　　├─ 인빈 김 씨 ─┬─ 의안군
　　　│　　　　　　　├─ 신성군
　　　│　　　　　　　├─ 정원군(원종) ─┬─ 능양군 이종(인조)
　　　│　　　　　　　│　　　　　　　　├─ 능원군
　　　│　　　　　　　│　　　　　　　　└─ 능창군
　　　│　　　　　　　├─ 의창군
　　　│　　　　　　　├─ 정신옹주
　　　│　　　　　　　├─ 정혜옹주
　　　│　　　　　　　├─ 정숙옹주
　　　│　　　　　　　├─ 정안옹주
　　　│　　　　　　　└─ 정휘옹주
　　　├─ 순빈 김 씨 ─── 순화군
　　　├─ 정빈 민 씨 ─┬─ 인성군
　　　│　　　　　　　├─ 인흥군
　　　│　　　　　　　├─ 정인옹주
　　　│　　　　　　　├─ 정선옹주
　　　│　　　　　　　└─ 정근옹주
　　　├─ 정빈 홍 씨 ─┬─ 경창군
　　　│　　　　　　　└─ 정정옹주
　　　└─ 온빈 한 씨 ─┬─ 흥안군
　　　　　　　　　　　├─ 경평군
　　　　　　　　　　　├─ 영성군
　　　　　　　　　　　└─ 정화옹주

*광해군의 장남 이질(李祬)은 초명이 수(脩)였다가 세자로 책봉된 1609년 지(祬)로 개명하였으며 휘는 질(祬)이나, 혼동을 피하기 위해 작중에서는 이지(李祬)로 표기를 통일하였음을 알려드립니다.